Lisa Anliker

Das Ende der Suche

AF191727

FSC
www.fsc.org
MIX
Papier aus ver-
antwortungsvollen
Quellen
Paper from
responsible sources
FSC® C105338

IMPRESSUM

4. Auflage

Copyright © 2024 – Lisa Anliker

Alle Rechte vorbehalten.

Coverdesign: BoD - Books on Demand GmbH
Lektorat, Korrektorat: Lisa Anliker
Verlag: BoD · Books on Demand GmbH, In de Tarpen 42, 22848 Norderstedt
Druck: Libri Plureos GmbH, Friedensallee 273, 22763 Hamburg

ISBN Taschenbuch: 978-3-7597-6794-3

Lisa Anliker

Das Ende der Suche

Inhalt

Prolog

Der erste Atemzug.. 9

1. Kapitel

Ella.. 11

2. Kapitel

Der erste Schultag.. 14

3. Kapitel

Tanz des Lebens.. 18

4. Kapitel

Der Blick zurück 21

5. Kapitel

Kern der Natur.. 26

6. Kapitel

Lotta und ihre Familie... 30

7. Kapitel

Erste Liebe... 37

8. Kapitel

60. Geburtstag 42

9. Kapitel

Denia.. 46

10. Kapitel

Beste Freundin 52

11. Kapitel

Aufbruch 58

12. Kapitel

Ausbildung 61

13. Kapitel

Wir drei 64

14. Kapitel

Krisen sind da, um überwunden zu werden 69

15. Kapitel

Unterwegs mit mir (Teil 1) 78

16. Kapitel

Mami's Seelenheil 96

17. Kapitel

Unterwegs mit mir (Teil 2) 114

18. Kapitel

Der zweite Blick 125

19. Kapitel

Bergwelt 136

20. Kapitel

Mein Leben auf dem Kutter 142

21. Kapitel

Neues Leben...151

22. Kapitel

Seerundgang..155

23. Kapitel

Schweden 158

24. Kapitel

Papa 162

25. Kapitel

Der Anfang der Suche..167

26. Kapitel

Jan's Geburtstag..170

Epilog

Ewige Liebe 172

Gewidmet

Susi Turrin -
in ewiger Freundschaft verbunden

Der erste Atemzug

Überglücklich hält Ella ihren frischgeborenen Sohn Jan in ihren Armen. Vergessen sind die Strapazen der schwierigen Schwangerschaft – so vieles hat sich anders entwickelt als geplant. Ella denkt mit viel Wehmut an die ereignisreichen Ferien vor drei Jahren zurück. Im Feriendorf Denia ist sie ihm begegnet – Yago. Seine braunen, funkelnden Augen, das schwarze Haar mit dem Glanz, in welchem sich die Sonne spiegelte, verzauberten Ella augenblicklich.

Yago lächelte sie an und berührte sie mit seinem warmen und eindringlichen Blick direkt in ihrem Herzen – es war um Ella geschehen und sie wusste, dass dies der Beginn eines neuen Kapitels in ihrem Leben werden wird.

Das mit Yago kann doch nicht gut kommen, meinte die Mutter von Ella und sie sollte einmal mehr recht behalten.

Jan soll, sobald er es verstehen kann, die ganze Geschichte erfahren. Aber jetzt zählt erst einmal der Augenblick des Glücks, der Erholung und des Staunens über dieses wahr gewordene Wunder. Jan schlummert friedlich in Ella's Armen und blinzelt zwischendurch aufmerksam in den Raum.

Das Geburtshaus "Luna" ist der ideale Ort, um ein Kind zu gebären, denkt Ella. Vor zehn Wochen hat sie das Geburtshaus zusammen mit ihrer Freundin Lotta besucht. Sie suchte eine Alternative zu einem Spital – nie kam für sie eine Geburt in einer herkömmlichen Klinik infrage.

In Lachen am oberen Zürichsee wurde sie rasch fündig.

Die beiden Hebammen Felicitas und Anna zeigten den beiden jungen Frauen das Geburtshaus und eines der schönen Zimmer – modern ausgestattet und in den warmen Farben Rot, Orange und Gelb gehalten – hier sollte ihr Baby zur Welt kommen dürfen.

Gestern nun hatte es Jan eilig und machte sich, einige Wochen früher als geplant, auf den Weg in eine für ihn Neue Welt.

Ella fühlte sich gut aufgehoben und die wohltuende Atmosphäre erleichterten ihr den Start in eine unsichere Zukunft.

Liebevoll wurden die beiden von Felicitas und Anna betreut. Ihnen tat die junge Frau leid. Mit Ausnahme eines kurzen Besuchs ihrer Tante und ihres Vaters, schien es, als wäre Ella auf sich alleine gestellt.

Tatsächlich war geplant gewesen, dass Lotta ihrer Freundin während der Geburt zur Seite steht. Aber Lotta weilt immer noch in Florenz. Nie hätte sie gedacht, dass Jan im Eiltempo unterwegs sein wird, zumal er sich die letzten Monate ruhig im Bauch von Ella verhalten hat. Babys haben eben schon ihre eigenen Pläne.

Eigentlich stand Lotta ihrer besten Freundin immer zur Seite und verstand sie in jeder Lebenslage und verurteilte sie nie – auch dann nicht, wenn sie sich wieder einmal in eine aussichtslose Situation manövrierte.

Ella hätte sie auch jetzt an ihrer Seite gebraucht, davon war Lotta überzeugt, auch wenn Ella sagte "ich schaffe das schon." Ella, das einst übermütige und fröhliche Kind, ist in den vergangenen Jahren viel zu rasch erwachsen und ernster geworden, fand Lotta.

Sie hofft, dass Ella nach diesem einschneidenden Ereignis einer Geburt, rasch zum Kern ihrer Natur zurückfindet und wieder zu ihrer "alten" Ella wird.

Jan ist geboren – an einem eiskalten, aber äusserst sonnigen Morgen im Januar.

Ella blickt zum Fenster hinaus und meint, am blauen Himmel Wolken zu erkennen, die sich zu einem Herz formieren.

"Alles kommt gut", flüstert sie und ist sich nicht ganz sicher, ob sie ihren eigenen Worten Glauben schenken darf.

1. KAPITEL

Ella

Fröhlich, ungestüm und beliebt – das ist die kleine Ella. Die kleinere der beiden Schwestern wurde in eine wohlbehütete Familie hineingeboren. Der Vater ist Nationalrat und als Spitaldirektor sehr engagiert im Beruf und die Mutter gilt als eine der renommiertesten Anwältinnen in der Stadt Bern.

Urs liebt seine beiden Mädchen über alles. Als er zum ersten Mal Vater wurde, hat er seiner Frau Katja versprochen, seine Karriere als Spitaldirektor nur solange weiterzuverfolgen, wie er einen aktiven Part als Vater wahrnehmen kann und jeden Abend das gemeinsame Nachtessen im Kreise der Familie möglich ist. Ihm war ein harmonisches Familienleben wichtig.

Hanna, die erstgeborene Tochter, machte Urs zum glücklichsten Vater. Sie war ein ruhiges Baby, staunend und genügsam. Das Familienleben verlief in ruhigen Bahnen, bis eines Morgens im August Ella zur Familie stiess und das Familienglück zwar komplettierte, aber ordentlich über den Haufen warf.

Ella war anders als Hanna. Urs war happy vom lauten Gekreische, dem Lachen und fröhlichen Tanzen von seinem kleinen Mädchen und er liess sich von diesem Energiebündel in den Bann ziehen.

Vater und Tochter verbrachten viel Zeit zusammen und als Ella gross genug war, besuchten sie am Samstagmorgen den Markt an der Kramgasse. Gemeinsam entdeckten sie viel Spannendes und Ella war bei allen Standbetreibern bekannt und beliebt. Das Mädchen mit den leuchtend blauen Augen und den blonden, lockigen Haaren fiel sofort auf.

Es bewegte sich mit einer grossen Leichtigkeit, immer hüpfend oder tanzend und in bester Laune. Stets ein verschmitztes Lächeln lag auf ihrem perfekten Gesicht und man konnte sich ihrer Ausstrahlung einfach nicht entziehen.

Urs fragte sich in ruhigen Momenten, woher Ella diese quirlige Art wohl hatte, kam er doch aus einem sehr konservativen Elternhaus, in welchem Spass und lautes Lachen sofort unterdrückt wurde.

Auch die Mutter von Ella, Katja, war stets darauf bedacht, nicht aufzufallen und ihr fiel es schwer, mit dem Naturell von ihrer jüngeren Tochter umzugehen – ihr war die Persönlichkeit von Ella suspekt und Katja war froh, wenn Urs den Samstagmorgen mit Ella alleine verbrachte und für kurze Zeit Ruhe im Haus einkehrte.

Katja atmete jeweils auf, wenn die Haustüre ins Schloss fiel und sie zusammen mit Hanna Zeit für sich hatten. Hanna half schon früh im Haushalt mit und spürte instinktiv, wann ihre Mutter Unterstützung benötigte. Ihr Zimmer war stets sauber aufgeräumt und schon als kleines Mädchen hatte sie Freude daran, mit dem Staubsauger das Haus sauber zu halten.

Eine unbezahlbare Hilfe für Katja, die durch ihre starke Belastung im Beruf, die Haushaltsführung ohnehin nur als ein "notwendiges Übel" betrachtete.

❧

Ella wuchs in einem charmanten Einfamilienhaus mit Baujahr 1928 mitten in der Stadt Bern auf. Das Haus war frisch renoviert und hatte sechs Zimmer und einen grossen Garten, mit viel Grünfläche und unzähligen Sträuchern und Bäumen. Es bot genügend Platz, um draussen spielen zu können und die beiden Schwestern verbrachten möglichst viele Stunden in der Natur mit ihren Freunden.

Obwohl Ella eine der Jüngsten im Quartier war, war sie diejenige, die viele Ideen zum Spielen hatte, die Bande zu Schabernack anstiftete und bald den Ruf der Rädelsführerin für sich in Anspruch nahm. Sie fühlte sich wohl in dieser Rolle und genoss es, wenn die anderen Kinder ihren Ideen folgten.

Nebst den vielen lustigen Einfällen hatte Ella auch schon als kleines Mädchen ein grosses Herz für benachteiligte Menschen. Sie und ihre Nachbarskinder zogen regelmässig los und erledigten Einkäufe für Senioren und besuchten die Personen im nahegelegenen Blinden- und Behindertenzentrum.

Sobald Ella und ihre Freunde lesen konnten, verbrachten sie viele Stunden bei den blinden Menschen und lasen ihnen Geschichten aus Büchern vor. Ausgestattet mit einer blühenden Fantasie, gelang es Ella, den blinden Menschen auch selbst erfundene Geschichten zu erzählen. Dabei liess sie keine Details aus und schmückte die Geschichten in allen Facetten aus, sodass sich auch Personen ohne Augenlicht ein Bild davon machen konnten.

Lotta, ihre beste Freundin, begleitete sie immer und staunte über die Natürlichkeit, mit welcher Ella mit diesen Menschen umgehen konnte. Überhaupt hatte Ella, mit ihrer offenen Art, die Herzen der Mitmenschen auf ihrer Seite. Lotta bewunderte ihre Freundin über diese Gabe und war manchmal etwas neidisch, dass ihr diese Leichtigkeit fehlte. Trotzdem waren die Freundinnen unzertrennlich und die Freundschaft sollte für immer halten – davon waren Ella und Lotta überzeugt.

2. KAPITEL

Der erste Schultag

"Muss das sein?" Dies die ersten Worte von Ella am Morgen ihres ersten Schultages. Sie kann lesen, schreiben und sie tanzt schon fast wie eine Primaballerina – was genau sollte sie nun noch in der Schule lernen?

Ella liebt die Natur und möchte den Tag draussen und nicht in stickigen Schulzimmern und Turnhallen verbringen. Soll ihre unbeschwerte Kindheit nun auf einen Schlag vorbei sein?

Es kommt ihr wie eine Strafe vor, als ihre Mutter Katja in strengem Ton zu ihr sagt: "Komm steh auf und iss was." Sie sollte von ihrer Mutter zur Schule gefahren werden – zum Glück können aber weder Mutter noch Vater am 1. Unterrichtstag teilnehmen – der Vater hat Verpflichtungen im Spital und ihre Mutter eine wichtige Verhandlung am Gericht. Ella ist erleichtert, dass sie wenigstens ohne "Aufsicht" der Eltern diesen Lebensabschnitt starten kann.

Und überhaupt: mit dem Auto vorgefahren werden? Geht's noch? Das findet Ella eh peinlich, viel lieber möchte sie den Schulweg mit Freundinnen und Freunden unter die Füsse nehmen. Zu viel gibt es unterwegs zu entdecken.

Weder den Besuch des neuen grossen Spielplatzes mit dem Kletterpark will sie sich entgehen lassen noch den Besuch der Bären beim Bärengraben.

Trotzig eröffnet Ella ihren Eltern, dass sie zu Fuss zur Schule gehen möchte und sie könne nicht garantieren, eine Musterschülerin wie Hanna zu werden – sie fände die

Schule doof und sei überzeugt, dort eh nichts mehr zu lernen.

Am Vorabend konnte Ella lange nicht einschlafen und spürte ein komisches Gefühl. Es fühlte sich wie eine ihr unbekannte Beklommenheit an – sie, die sonst immer so unbeschwert unterwegs ist.

Nein, es war weder Angst noch Panik, was sie fühlte, vielmehr meinte sie, als ob man ihr die Flügel stutzen wolle.

Warum nur musste sie sich plötzlich in einen durchgetakteten Schulalltag zwängen lassen?

Sie liebte ihre Freiheit und Unbeschwertheit. All dies schien in die weite Ferne zu rücken und Ella wünschte sich nichts mehr, als dass der morgige Morgen nicht kommt oder ihr jemand eröffnet, dass sie nun doch von der Schulpflicht befreit worden sei.

Und jetzt sitzt sie schweigend am Esstisch. Ihre Eltern blicken sich leicht irritiert an. Warum wohl ist dieses sonst so laute, fröhliche und unbekümmerte Kind heute wie in sich zusammengesunken vor ihrem Teller sitzend und mit Müh und Not ihr Müesli essend? Das war doch bei Hanna alles ganz anders, scheinen beide zu denken. Hanna konnte es nicht rasch genug gehen, endlich die Schulbank drücken zu dürfen.

"Ella, das wird schon. Du wirst das gut machen und wir sind überzeugt, dass dir die Schule gefallen wird. Die Lehrerin scheint jedenfalls nett und du wirst viele neue Freundinnen und Freunde finden", sagt Vater Urs unnatürlich fröhlich.

Nur zu gut erinnert er sich auf einen Schlag an seinen ersten Schultag und plötzlich sind die Bilder wieder präsent!

Ein Schauer läuft ihm über den Rücken und ihn packt die Panik. Ein Tyrann war er, sein erster Lehrer. Herr Schelbert hiess er und griesgrämig war er. Nur wenn er die Fächer Geschichte, Geografie und Naturkunde unterrichten durfte, blühte er auf.

Niemand kannte die Schweiz so gut wie Herr Schelbert und daneben galt sein grosses Interesse den Amphibien. Auch Monate nach dem Schuleintritt fand Urs keine Freunde, da er der Einzige aus seiner Klasse war, der mit dem Schulbus zur Schule gefahren wurde. Die älteren Schüler im Schulbus interessierten sich nicht für ihn und später interessierten ihn die jüngeren Schüler nicht – ausser die Schülerin Katja! Sie hat er immer beobachtet und ihre Schönheit faszinierte ihn vom ersten Moment an. Warum nur, würdigte sie ihn keines Blickes, auch wenn er ihr jeden Tag einen guten Morgen wünschte?

Mit niemandem sprach sie, und man spürte, dass ihr dies auch egal ist. So blieb ihm nichts anderes übrig, als Katja heimlich im Schulbus zu bewundern.

Urs kehrt aus seiner Gedankenreise zurück in die Realität und blickt zu Ella, die immer noch schweigend und in sich gekehrt auf dem Stuhl sitzt – so ruhig wie nie zuvor.

War es falsch, ihr das Lesen und Schreiben schon beizubringen? Sie war so wissbegierig und es fiel ihr sehr leicht, mit den Buchstaben umzugehen. Spielt sie nicht draussen, so zieht sie sich gerne in ihr Zimmer zurück und liest Bücher.

Beobachtet man Ella beim Lesen, fällt auf, wie sie in eine andere Welt eintaucht, sich mit der Geschichte verbindet und ihr unruhiger Geist zur Ruhe kommen kann.

"Ich heisse Ella und freue mich auf die Schule. Ich kann schon lesen und schreiben und möchte hier das Leben lernen. Alles andere kann ich schon." Das die ersten Worte von Ella an ihre Klasse. Sämtliche Augen sind auf sie gerichtet und sowohl die Mitschülerinnen und Mitschüler, wie Lehrer, als auch die Eltern im Raum, staunen über die Aussagen dieses Mädchens.

Und wer am meisten über sich staunt, ist wohl Ella selbst. Sie hat auf dem Schulweg erkannt, dass es nun keinen Weg mehr zurückgibt. Sie hat mit sich vereinbart, nur das Minimum für die Schule zu leisten, weil sie nach wie vor überzeugt ist, viel aus der Natur und im Umgang mit den blinden Personen aus dem Blindenheim zu lernen.

Unterhält man sich mit einer Person, welche nichts sieht, lernt man mit den Ohren zu sehen und nimmt mit allen anderen Sinnen die Umgebung wahr.

Der erste Schultag ist vorbei. Viele Tage in dieser Enge werden folgen, das ist ihr bewusst. Und nein, sich die Flügel stutzen zu lassen, lässt sie nicht zu. Sie bleibt ihrer Natur treu – und ist überzeugt, dass sie geboren wurde, um viel Freude und Zuversicht in die Welt zu tragen. Mit einem Lächeln und einer positiven Einstellung lässt sich die Schule schon irgendwie bewältigen. Ella entscheidet sich, zukünftig, mit ihrem Strahlen, das Schulzimmer zu erhellen – einfacher fällt ihr dies, weil ihr die Lehrerin wohlgesinnt zugelächelt hat, als sie sich nach dem ersten Schultag als einzige Schülerin per Handschlag von ihr verabschiedet hat.

Sie hüpft in gewohnter Manier nach Hause und erzählt ihrer Katze Amélie von ihrem ersten Schultag.

Ihren Eltern gegenüber will sie sich aber weiterhin trotzig zeigen. Ella findet, sie hätten sie von der Schule bewahren müssen. Vor allem ihr Vater hätte merken sollen, dass sie nicht zur Schule gehen müsse – sie kann ja schliesslich lesen und schreiben!

3. KAPITEL

Tanz des Lebens

Schon seit einem Jahr besucht Ella die Schule und sie brilliert in allen Fächern. Nichts von ihrem anfänglichen Zögern ist nach aussen zu erkennen. Sehr wohl spürt aber die tapfere Ella, dass seit dem ersten Schultag nichts mehr ist, wie es vorher war.

Sie meint, festzustellen, wie am Kern ihrer Persönlichkeit subtil geschliffen wird, weil sie, vermutlich wegen ihrer aussergewöhnlichen Erscheinung, nicht so richtig in das Klassengefüge passt.

Sie lernt sich anzupassen, ruhig zu sitzen und nicht immer sofort die Antwort auszurufen, obwohl sie die Aufgabe längst gelöst hat. Sie macht in der Schule nur widerwillig mit, im Wissen, keine andere Option zu haben.

Wenigstens kann sie den Schulweg nutzen, um ein paar Minuten sich selbst sein zu dürfen. Sie geniesst das Zusammensein mit ihren Schulfreundinnen, die den gleichen Schulweg gehen. Dort fühlt sie sich wohl, verstanden und federleicht.

Die Rolle der Anführerin für Spässe und das Organisieren der Besuche bei den älteren Menschen und den Blinden bleibt bei ihr fest in der Hand. Niemand um sie herum ahnt auch nur ansatzweise, wie ihr die Schule und das Lernen widerstreben. Alle lieben das fröhliche Mädchen.

Urs hat sich seit diesem Jahr ganz der Politik verschrieben und hat auch samstags viele Sitzungen.

Einmal hat Ella ihren Vater mit einer anderen Frau in der Stadt gesehen. Ein ungutes Gefühl beschlich sie, denn die Frau küsste ihren Vater – und es war nicht ihre Mutter, sondern ihre Ballettlehrerin Carmelina. Ella tat so, als hätte sie nichts gesehen und glaubte fest daran, dass dies nichts zu bedeuten hat, oder doch?

Im grossen Ballettsaal fühlt sich Ella zwar etwas verloren, trotzdem zieht es sie wie ein Magnet in diesen Raum. Die grossen Spiegel an der Wand, lassen den Raum noch grösser wirken und die Barren sind so verteilt, dass man sich gut im Spiegel beobachten kann.

Keine tanzt so grazil und trotzdem so kraftvoll wie Ella. Ihre gesamte Persönlichkeit kommt beim Tanzen vollumfänglich zum Ausdruck. Obwohl noch so jung, strahlt sie eine Reife aus, die einem einfach in den Bann zieht. Ihre Bewegungen sind abgestimmt mit der Musik und tanzen viele Mädchen im Raum, fällt doch nur eine auf: Ella.

Auch die anderen Mädchen sind fasziniert von ihrer Tanzkollegin und weil Ella ein ganz natürliches und aufgestelltes Mädchen ist, schürt sie keinen Neid, sondern die anderen Tänzerinnen lassen sich von Ella's Energie anstecken und eifern ihr nach.

Ella selbst wusste vom ersten Moment an, als sie mit dem Balletttanzen begann, dass der Tanz für sie eine Art Rettung ihrer Persönlichkeit ist. "Mit dem Tanzen gelingt mir der Einklang zwischen Körper, Geist und Seele", erzählte sie nach einem Training zu Hause beim Abendessen. Ihre Ballettlehrerin Carmelina habe ihr das gesagt, erklärt sie weiter.

Urs verstand sofort. Katja hingegen war dieses Tanzen ein Dorn im Auge. Ihr wäre lieber, Ella würde mehr Lesen und für die Schule lernen.

◈

Dann kam die Ballettvorführung. Katja ist nicht verborgen geblieben, wie Urs Carmelina beobachtet und angestrahlt hatte, als Ella mit ihren Mittänzerinnen auf der Bühne tanzte. In ihrer Erinnerung kam es Katja so vor, als würde Urs Carmelina gleich bewundern, wie er es damals im Schulbus bei ihr tat. Und sie meinte zu erkennen, warum sich Urs von Carmelina angezogen fühlt – ihre Begeisterungsfähigkeit und vor allem ihre Herzlichkeit füllten den Raum.

Alles, was Katja fehlt und sie erkannte selbst, dass sie endlich ihre harte Schale ablegen sollte. Sie beschlich ein noch nie dagewesenes Gefühl, eine Art Unzulänglichkeit, die sie nicht wettmachen konnte, mit ihren Leistungen als erfolgreiche Anwältin. Sie sah ihre kleine Tochter auf der Bühne tanzen und merkte, dass Ella etwas auslebte, was sie ganz tief in ihrem Herzen auch sein wollte und als kleines Kind auch war: locker, freudig und glücklich. Wann hat sie all diese Eigenschaften abgelegt? Und noch schlimmer: warum konnte sie nicht stolz auf Ella sein und sich an ihrem offensichtlichen Talent als Tänzerin erfreuen?

◈

Auf dem Nachhauseweg sucht Katja die Hand von Urs und spürt seinen festen Halt und war voller Zuversicht, dass sich alles zum Guten wenden wird.

Im Tanzsaal hat Katja entschieden, sich Ella vermehrt anzunehmen und wusste, dass sie nur zu ihrem eigenen Glück finden kann, wenn sie endlich ihr Herz für ihre Tochter öffnet.

Der letzte Tanz des Abends, mit dem grossen Applaus für Ella, hat Katja wachgerüttelt.

4. KAPITEL

Der Blick zurück

Seit Katja denken kann, wurde sie gefördert und gefordert. Ihre Eltern hatten Grosses mit ihr vor und hauptsächlich ihr Vater, bekannter Kinderarzt, machte schnell klar, dass sie und ihre Geschwister in seine Fussstapfen treten sollten, zumindest eine Akademikerkarriere hinlegen müssten.

Ihre Mutter bildete den ruhenden Pol in der Familie. Sie war jederzeit für die Kinder präsent und für die Patientinnen und Patienten blieb sie auch ausserhalb der Sprechstunde Ansprechperson. Sie händigte Medikamente und Rezepte aus, führte die Agenda ihres Mannes und war beliebter als der strenge Arzt.

Ob ihr Vater überhaupt geeignet war als Kinderarzt? fragt sie sich. Hatte er ein genug grosses Einfühlungsvermögen für die kleinen Kinder? Katja probierte sich gedanklich in ihre Kindheit zu versetzen, denn sie wusste, dass es einige Ereignisse gab, die dazu beigetragen haben und sie zu dieser stolzen und strengen Frau machten, die nach Anerkennung lechzte, diese aber nur im Beruf bekam.

Wer Leistung erbringt, wird bewundert. Auf diese Menschen schaut man, an ihnen orientiert man sich, sie sind Vorbild und man kann sich an ihnen messen. All dies wurde Katja und ihren Geschwistern schon früh in ihrer Kindheit richtiggehend eingetrichtert. Schaut wie weit ich es als Kinderarzt gebracht habe, pflegte ihr Vater jeweils seine Aussagen zu unterstreichen.

Katja konnte lange nichts mit seinen Behauptungen anfangen. Erst als sie in der Schule zunehmend gute Noten erzielen konnte und die Erfahrung machte, dass man sie deswegen bewunderte und ihre Eltern ihr endlich Aufmerksamkeit schenkten, begann sie allmählich, den Worten ihres Vaters Glauben zu schenken.

❧

Es ist Montagabend. Urs ist einmal mehr im Bundeshaus, die beiden Kinder schlafen und Katja ist von ihrem Berufsalltag erschöpft und überlegt sich, schon früh zu Bett zu gehen.

Sie findet aber keine Ruhe und holt ihr Fotoalbum aus Kindheitstagen aus dem Bücherregal.

Wie viele Jahre hat sie keinen Blick in dieses Album geworfen? Der Staub liegt klebrig auf dem Buchrücken und auch die Seiten haften teils zusammen. Einige Fotos sind bereits ein wenig vergilbt, obwohl Katja noch gar nicht so alt ist.

Wo sind die Jahre nur geblieben? fragt sie sich. Es gelingt ihr, in die Vergangenheit einzutauchen und viele Erinnerungen werden wieder wach.

Aber was sind das für Erinnerungen? Schöne, Traurige, Unbeschwerte, Lustige? Ihr fällt auf den Bildern im Album auf: Nur ihre viel zu früh verstorbene Mutter wirkt entspannt und zufrieden.

Ihr Vater hingegen, kam ihr noch distanzierter vor, als sie dies schon früher empfand. Auf keinem Foto ist ein Körperkontakt mit einem der Kinder zu sehen. Wie war das im Alltag?

Sie mag sich kaum an eine Umarmung oder Berührung erinnern. In dieser Hinsicht war auch ihre Mutter zurückhaltend.

Trotzdem hat sie vor allem ihren Vater immer sehr bewundert. Aber hat sie ihn als Menschen bewundert oder doch eher "nur", weil er der Herr Doktor war, der im ganzen Dorf geachtet wurde? Fühlte sie sich geliebt?

Ihr fiel ein, wie ihr Vater allen Geschwistern früh und unmissverständlich zum Verstehen gab, dass sie, die Familie Sinner, einer Patrizierfamilie aus dem 15. Jahrhundert entstammen und das Burgerrecht der Stadt Bern besitzen. Ohne genau zu wissen, was dies bedeutet, hat sich Katja eingebildet, sie sei etwas Besseres als ihre Mitschülerinnen und Mitschüler. Wohl darum, hatte sie es schwer, Anschluss in der Klasse zu finden und eine beste Freundin fand Katja erst im Erwachsenen-Alter.

Nebst ihren hervorragenden Leistungen in der Schule fiel auf, dass vor allem die Knaben und später die jungen Männer an ihr interessiert waren. Anders als ihre Tochter Ella, war Katja zwar ebenfalls auffallend schön, aber weniger offensichtlich, weil sie sich viel distanzierter und ruhiger verhielt.

Als in der Pubertät die ersten Annäherungsversuche von den jungen Burschen erfolgten, liess sie allesamt abblitzen. Schnell wurde über sie getuschelt, sie sei unnahbar, prüde und arrogant.

☙❧

Katja sass immer noch im Bett, das Fotoalbum in der Hand haltend, als sie merkte, wie ihr jahrelang aufgebautes Kartenhaus drohte zusammenzustürzen. Schlagartig erkannte sie, dass das bisher gelebte Leben, gar nicht ihrem Ursprung entsprach.

Katja war als Kind ähnlich wie Ella, nämlich ein fröhliches Kind, hineingeboren in eine Familie, die ihr nicht das geben konnte, was sie gebraucht hätte.

Die Mauer um sie herum bekam erste Risse.

Was für ein Leben führte sie bisher eigentlich? Was ist das schon für eine Leistung, täglich Personen vor Gericht zu vertreten, die Dinge getan haben, die "den Teufel graust"?

Es kostete sie seit Jahren viel Kraft, um den Schein zu wahren und gegen aussen die Fassade aufrechtzuerhalten und als Anwältin zu brillieren. Wer war sie wirklich und was wollte sie eigentlich in ihrem Leben erreichen?

Wie es wohl ihren Geschwistern mit ihrer Vergangenheit geht? Immerhin stehen sich die Geschwister untereinander nahe. Nie haben sie bisher miteinander über ihre Kindheit gesprochen. Hauptsache aus allen Kindern ist etwas Anständiges geworden und alle haben in ihren Berufen Erfolg – alles im Sinne ihres Vaters.

❧

Müde, erschöpft, traurig, resigniert und trotzdem mit einer Ruhe schliesst Katja das Fotoalbum und macht etwas, was sie längst nicht mehr getan hat.

Sie spricht das "Unser Vater" – "…. und vergib uns unsere Schuld, wie auch wir vergeben unsern Schuldigern…."

Bei diesen Worten löst sich ein Kloss im Hals und bittere, längst fällige Tränen rinnen Katja über ihre Wangen. "Amen", sagt sie und schläft ein.

❧

Am nächsten Morgen wacht Katja auf und benötigt einen Moment, um zu realisieren, ob sie geträumt hat, oder ob es Realität ist, dass sie gestern einen Blick in die Vergangenheit gewagt hat.

Zu viel steht heute auf der Agenda, schnell sind die salzigen Rückstände ihrer Tränen weggewischt und der neue Tag beginnt wie immer: Sie weckt ihre beiden Töchter und bereitet das Morgenessen vor.

Für die beiden Mädchen und Urs sind in ihrem Gesicht keine Spuren der gestrigen Zeitreise zu erkennen. Perfekt gestylt und geschminkt ist sie bereit für den bevorstehenden Gerichtsfall – "Business as usual" – Maske aufsetzen hat Katja früh gelernt und hat sie beruflich weit gebracht.

Verflogen sind die Vorsätze, sich wieder vermehrt ihrem Innern zu widmen und ihre Tochter Ella näher an sich heranzulassen. Sie realisiert, dass dies mit viel Zeit und Energie verbunden wäre – Zeit, die sie schlicht nicht hat und ihre innere Stimme beruhigt sie und flüstert ihr zu: *Du hast noch genügend Chancen, dich auf deine eigene Reise zu machen.*

Katja lächelt, gibt ihren Mädchen einen Kuss auf die Stirn und umarmt ihren Mann und weg ist sie – verschwunden in eine Welt, in welcher die beteiligten Personen mit viel grösseren Problemen zu kämpfen haben.

Im sich selbst belügen ist Katja besonders stark. Für die Beziehung zwischen Ella und ihr hätte die Zeitreise und die Korrektur ihres Weges vermutlich gutgetan, sodass eine Annäherung möglich gewesen wäre und sowohl ihr wie Ella viel Schmerz und Unverständnis erspart geblieben wären.

5. KAPITEL

Kern der Natur

Lotta, die beste Freundin von Ella, bricht ihren Auslandsaufenthalt in Florenz ab und reist mit dem Zug via Mailand retour in die Schweiz. Sie möchte in der Nähe von Ella und dem Baby sein, um ihnen in den ersten Wochen beizustehen. So ist es vereinbart und ihr kommt das gut gelegen.

Erst vor wenigen Wochen hat sie ihr Studium abgebrochen und sie weiss bis jetzt nicht abschliessend, wie es bei ihr in dieser Hinsicht weitergehen soll. Eine Ziel- und Orientierungslosigkeit macht sich breit – und dies nicht zum ersten Mal in ihrem Leben. Sie vertraut jedoch darauf, dass sich alles zum richtigen Zeitpunkt so entwickelt, wie es vorgesehen ist. Ihr tief verwurzeltes Urvertrauen hat ihr schon häufig geholfen, auszuhalten, bis der Zeitpunkt der Entscheidung reif ist.

Statt ein Jus-Studium, doch eher ein Psychologie-Studium anzupeilen, scheint die Lösung zu werden.

Wenn sie ehrlich zu sich ist, war eigentlich von Anfang an klar, dass das Jus-Studium zum Scheitern verurteilt war. Aber sie hat sich das Psychologie-Studium anfänglich schlicht nicht zugetraut.

Lotta hat die Mutter von Ella, Katja, immer sehr bewundert, wie sie als Anwältin Karriere gemacht hat und in Bern grosses Ansehen geniesst. Lotta aber ist ein ganz anderer Typ Mensch, und sie wäre wohl kaum eine so erfolgreiche Juristin geworden.

Bis sie im Sommer das neue Studium in Angriff nehmen kann, wollte sie die Zeit nutzen, in Italien ihre Sprachkenntnisse zu vertiefen. Aber auch, um als Person zu reifen. Einmal alleine weg von zu Hause zu sein, sich selbst durchkämpfen zu müssen und sich den Herausforderungen des Erwachsenenlebens zu stellen.

Das ist ihr ausgezeichnet gelungen, findet sie! Aber nicht nur die Eigenständigkeit hat sie geübt, sondern sie hat sich auch viele Gedanken über das Thema "Mensch sein" gemacht. Wegen ihrer eigenen aktuellen Situation, aber vor allem auch wegen Ella, die sie seit ihrer Kindheit kennt.

Was ist mit Ella passiert, dass sie Jahr um Jahr ruhiger geworden ist? Wo ist das fröhliche und ungestüme Mädchen von einst geblieben?

Warum besteht zwischen ihr und ihrer Mutter eine solch offensichtliche Distanz?

Lotta ist davon überzeugt, dass der Kern jedes Menschen, einem bei der Geburt gegeben wird und für sie macht das Leben nur einen Sinn, wenn jeder Mensch seinen "Kern der Natur" leben kann. Jeder wird mit Stärken, Talenten und Begabungen geboren – und das Ziel jeden Lebens sollte doch sein, sich in seiner ursprünglichen Natur zeigen zu dürfen.

Warum aber kann es passieren, dass ein Mädchen, wie Ella, mit jedem weiteren Schuljahr zunehmend ruhiger, zurückgezogener und weniger aufgestellt wurde? Warum wurde der grosse und schöne Kern, welcher ihr in die Wiege gelegt wurde, immer kleiner und eine untypische Schwere wurde erkennbar? Lotta vermisst ihre "alte" Ella, die lachend und lebensbejahend durch die Landschaft hüpfte und all ihre Mitmenschen verzauberte.

Sie fragt sich, ob man im Erwachsenenalter doch ähnlich wie die Eltern wird?

Aber nein, Ella ist auch nicht vergleichbar mit ihrer Mutter. Katja hat klare Prinzipien und lässt sich keine Schwäche anmerken, aber Ella wirkte in manchen Lebensabschnitten traurig und in sich gekehrt. Lotta schmerzt die Erkenntnis, dass sich ihre beste Freundin in den letzten Jahren so stark verändert hat.

Lotta liess auch ihr eigenes Leben Revue passieren. Wer war sie als Kind und wer ist sie heute? Was ist ihre Natur? Was ist ihr Auftrag auf dieser Welt?

Unterdessen in Mailand angekommen, nimmt sie ihr Notizbuch aus dem Rucksack heraus und notiert sich ihre Überlegungen zu all diesen Themen.

Mit etwas Abstand von ihrer Heimat sprudeln ihre Gedanken nur so aus ihr heraus, und sie muss diese sofort auf Papier festhalten, bevor sie sich wieder verflüchtigen.

❧∾❧

Die Buchstaben füllen Zeile um Zeile, Seite um Seite und sie ist selbst überrascht, wie leicht es ihr fällt, mit einem klaren Kopf all diese Überlegungen niederzuschreiben. Handelt es sich hier fast um eine Eingebung von oben?

Aber was soll sie mit all ihren Beobachtungen anstellen? Welche Erkenntnisse erlangt sie in Hinsicht auf sich selbst?

Und vor allem, darf sie Ella mit ihren Beobachtungen konfrontieren, oder käme das einer Grenzverletzung gleich?

Wie fest muss Ella selbst wieder zu ihrer Natur zurückfinden, oder muss Lotta mit ansehen, wie sich Ella immer weiter von sich selbst entfernt? Oder soll sie zuerst bei sich selbst beginnen, im Vertrauen darauf, dass Ella ihren Weg schon alleine finden wird?

Für den Moment entscheidet Lotta – jetzt, wo Ella Mutter geworden ist – dass sie zu ihrer alten Stärke finden sollte und Lotta ist überzeugt, dass Ella ihre Hilfe nun braucht. Ella war früher immer die Rädelsführerin, nun wechseln sie die Rollen und Lotta übernimmt das Zepter und wird ihr und Jan als Stütze zur Seite stehen, solange es Ella für nötig hält.

Ihre eigene Geschichte kann noch einen Moment warten, auch wenn sie instinktiv spürt, wohin sich ihr Weg verändern wird.

Beobachtet Lotta Menschen in der Mitte des Lebens, fällt ihr auf, wie viele Personen ihr Strahlen, ihre Freundlichkeit und ihre Persönlichkeit unterwegs verloren haben.

So möchte sie nicht enden und möchte auch darum, frühzeitig zurückkehren zu ihrer Wurzel. *Wir alle bleiben im innersten Kind*, denkt Lotta, als sie verträumt aus dem Zugfenster schaut und die letzten Kilometer vor der Grenze zurück in die Schweiz passiert.

Ich war ein wildes Naturkind und das möchte ich mein Leben lang bleiben. Mein Talent als Fussballerin wurde zwar im Keim erstickt – aber nun möchte ich mich an all meine Natur gegebenen Begabungen erinnern und zurückfinden und ich möchte später als Psychologin genau das bei meinen Mitmenschen wieder wecken, sinniert sie weiter.

Ella, eine der wichtigsten Menschen in ihrem Leben, zeigt ihr am deutlichsten, wie rasch man sich von seiner Persönlichkeit entfernen kann.

Keine zehn Jahre liegen zurück, als das kleine blonde Mädchen mit auffallender Schönheit und Grazilität alle Menschen in ihren Bann gezogen hat. Heute wirkt sie eher verängstigt und unvollkommen.

Die Schule, der Beruf, die Familie und ihre ersten Begegnungen mit Männern haben sie in ihrem Innersten erschüttert und haben ihre Natürlichkeit matt werden lassen.

Lotta schliesst ihr Notizbuch und schreibt als Schlusssatz: "Ella und Jan, ich werde alles in meiner Macht Stehende für euch tun – ihr liegt mir am Herzen."

6. KAPITEL

Lotta und ihre Familie

Sie steht am Gartenzaun und schaut, wie die beiden Nachbarsmädchen unbesorgt in ihrem Garten spielen und die Kleinere singend und freudestrahlend ihrer grösseren Schwester nachrennt, die sie immer probiert abzuhängen.

Ihr gefällt die Unbeschwertheit des blond-lockigen Mädchens und wünschte sich, auch mitspielen zu dürfen.

Die Familie von Lotta ist erst vor wenigen Wochen in die Umgebung gezogen und jetzt, wo der Frühling kommt, zieht sie um die Nachbarhäuser und sucht nach gleichaltrigen Spielkameradinnen und -kameraden.

Die beiden Brüder von nebenan gaben ihr schon zu verstehen, dass sie keine Lust verspüren, wenn Lotta mit ihnen Fussball spielt – das sei nichts für Mädchen.

Dabei liebte Lotta das Fussballspiel von ganzem Herzen und sie war richtig gut darin. Als sie noch in Gümligen wohnten, durfte sie bei der Mädchen Fussballmannschaft mitspielen und fiel dort durch ihre Fähigkeit auf, die Mannschaft zusammenzuhalten, zu motivieren und sie verfügte über eine hohe Präzision im Umgang mit dem Ball. Dank Lotta konnte die Mannschaft sogar einige Siege erringen.

Und diese beiden blöden Jungs meinen, Fussball sei nichts für Mädchen? Sie hat die Nachbarsbuben während einigen Minuten beobachtet und hätte ihnen den einen oder anderen Trick beibringen können. *Denen werde ich es schon noch zeigen*, denkt Lotta und zieht weiter.

Sie verspürt heute keine Lust, mit ihrem kleinen Bruder Jakob zu spielen. Es reicht, dass sie häufig auf ihn aufpassen muss, wenn ihre Eltern wieder einmal einem ihrer vielen Jobs nachgehen.

An Lotta fällt auf, dass sie aus einer etwas speziellen Familie stammt. Vieles scheint bei ihnen anders zu sein, als bei allen anderen gut bürgerlichen Familien aus dem Quartier. Lotta's Eltern konnten das kleine Holzhaus mieten, welches von ihrem Vater notdürftig renoviert wurde. Hätte das nicht besser abgerissen werden sollen? Ein Schandfleck war dieses alte Haus und niemand versteht, dass das Haus nach einer Grundsanierung wieder bewohnt werden kann. Seit zwei Monaten haust nun die Familie Trachsel hier, also Mutter Christine und Vater Werner mit ihren beiden Kindern Lotta und Jakob.

Das Haus erinnert an das Knusperhäuschen aus Hänsel und Gretel. Schon bevor die Familie Trachsel eingezogen war, lagen vor diesem Haus viel Müll, alte Werkzeuge und Maschinen. Im Quartier erhoffte man sich, dass nun etwas Ordnung einkehre. Allerdings ist der Vater von Lotta ein selbständiger Handwerker, welcher verschiedene Berufe beherrscht und nicht daran dachte, Ordnung vor dem Haus zu schaffen, denn das Durcheinander benötigte er, um seiner Kreativität Inspiration zu verleihen.

Jakob war mit seinen vier Jahren der Jüngste im Quartier. Der Kopf voller Lausbubenstreiche, erinnert er auch äusserlich mit seinen blonden, wilden Haaren an Michel aus dem Film "Michel aus Lönneberga". Sowohl er wie seine Schwester Lotta fielen in der Nachbarschaft unter anderem auf, weil sie immer in gelben Gummistiefeln unterwegs waren. Irgendwie passte diese Familie nicht so richtig in das sonst eher noble Einfamilienhaus-Quartier.

Richtig wohlfühlen scheint sich aktuell Lotta nur, wenn sie am Gartenzaun der Familie Fankhauser steht und hofft, endlich mit den beiden spielenden Mädchen in Kontakt zu kommen.

Am dritten Tag ihres Besuchs am Gartenzaun war es so weit. Das kleinere Mädchen, wohl ähnlich alt wie Lotta, erkannte sie wieder, kam auf sie zu und sagte: "Ich bin Ella, wer bist du?"

Von diesem Moment an waren Lotta und Ella unzertrennlich. Lotta war ein Jahr älter als Ella, darum waren sie auch in anderen Klassen eingeteilt. Den Schulweg und die Freizeit verbrachten sie fortan meist zusammen.

Bald gesellten sich auch alle anderen Kinder des Quartiers zu ihnen und sie formierten sich zu einer verschworenen Gruppe, die allesamt "Kind" sein durften mit allem, was dazugehörte: Streiche spielen, streiten, versöhnen, zusammenhalten und soziale Kompetenz entwickeln, in dem sie die älteren Personen im Quartier besuchten oder die Freunde im Blindenheim.

෬៷៲

Lotta war in dieser Gruppe die Soziale, die Verbindende und die Streit Schlichtende. Nicht nur ihr Bruder, auch sie fiel mit ihrem leicht verwilderten Aussehen auf.

Nebst ihren gelben Gummistiefeln kam es häufig vor, dass sie viel zu kleine Kleider trug, die Kleider Risse oder Flecken aufwiesen. All das war Lotta egal, sie war ein Naturmädchen durch und durch. Man könnte auch sagen, Lotta war wild, lässig, burschikos und eine begnadete Fussballerin.

Nur fürs Fussballspielen wechselte sie ihre Schuhe und legte die Gummistiefel an den Spielrand. Bald merkten auch die Jungs, mit was für einem ungeschliffenen Diamanten als Fussballerin sie es zu tun haben und längst gehörte sie aufs Spielfeld mit ihnen. Der Vater einer dieser Jungs machte ihr sogar klar, dass sie in den Fussballclub gehörte.

Ihre Eltern hingegen hatten nicht wirklich Freude, als Lotta ihnen davon erzählte, was der Vater von Luis vorgeschlagen hat. Sie hatten weder Zeit noch Geld, das Hobby von Lotta zu unterstützen, auch wenn sie das Talent ihrer Tochter erkannten.

Lotta selbst konnte mit ihren acht Jahren nicht erkennen, was für eine Begabung sie im Umgang mit dem Fussball hatte und kämpfte nicht weiter, gefördert zu werden, sondern liess es dabei bewenden, weiterhin im Quartier mit den anderen Kindern ihrer Passion nachzugehen.

Oder wusste sie es haargenau und entschied aus Rücksichtnahme ihren Eltern gegenüber, sich nicht für ihre Bedürfnisse einzusetzen? Sie würgte jedenfalls den Kloss hinunter, als feststand, dass nichts mit der Fussballkarriere wird.

Lotta fand es schlussendlich doch wichtiger, Teil dieser Quartierbande zu sein und sie blühte auf, als sie erkannte, nun eine beste Freundin zu haben.

Bald gehörte sie als Neuzuzügerin voll dazu und wenn Jakob nicht wieder Blödsinn im Kopf hatte, durfte auch er mit dabei sein.

Die anderen Kindern nahmen ihn bei der Hand und jeder schaute, dass auch er Teil der Gruppe sein kann.

Die Eltern von Lotta und Jakob wiederum waren dankbar, als sie feststellten, wie gut sich ihre Kinder, trotz ihres offensichtlich weniger luxuriösen Lebensstils, nahtlos in die Nachbarschaft einfügen konnten.

Lotta und Jakob waren zwei gewinnende Geschöpfe und mit ihrem einfachen und natürlichen Umgang gehörten sie einfach dazu, basta.

Christine, die Mutter von Lotta, war ihrer Zeit voraus. Niemand anderes kannte Yoga – nur sie praktizierte dieses komische Ding täglich und wurde von vielen Personen anfangs belächelt. Überhaupt war Christine mit ihren stets erdfarbenen, gestrickten Kleidern ohnehin im Quartier aufgefallen. Hinter vorgehaltener Hand wurde über sie getuschelt und man fragte sich, was sie zu diesem alternativen Lebensstil führte.

Yoga – was ist das für ein esoterischer Mist? Tritt man aber mit Christine in Kontakt, verstummen alle Vorurteile augenblicklich. Sie strahlt eine Ruhe aus, ihr verklärter Blick und ihr unsagbar hübsches Lachen führen dazu, dass man sie sofort ins Herz schliesst.

Auch all die Akademiker in der Nachbarschaft müssen sich eingestehen, dass Christine, von allen "Tina" genannt, zwar anders ist, aber trotzdem von allen Menschen respektiert und ernst genommen wird.

Yoga wird im Verlaufe der Jahre die anfängliche Skepsis im Quartier verlieren und Tina wird zu einer Vorreiterin in vielen Aspekten des Lebens.

Daneben ist Tina eine begnadete Künstlerin. Sie und Werner haben früh entschieden, einen Lebensstil zu führen, der nicht darauf abzielt, möglichst viel Kapital zu erwirtschaften und im Luxus zu leben, sondern ihnen ein einfaches und beschauliches Leben bietet.

Dass sie sich in das Haus mitten im Quartier der "Mehr-Besseren" verlieben, war nicht geplant und hat sie anfänglich auch zweifeln lassen, ob sie auch wirklich dorthin passen.

Werner hat Tina aber rasch davon überzeugt, dass sie in diesem Haus ihren Platz finden und die Nachbarschaft mit ihrem einfachen, aber zufriedenen Leben anstecken werden. Das Geld ist knapp, die Zeit für die Kinder ebenso. Sie teilen sich die Arbeit so ein, wie sie gerade anfällt.

Werner als selbständiger Handwerker sieht man tagsüber häufig zu Hause. Es kommt vor, dass er wochenlang keinen Auftrag an Land ziehen kann und er während diesen Tagen auf die Kinder aufpasst.

Wer denkt, dass Werner konventionell das Mittagessen kocht, der irrt.

Er hat sich eine Feuerstelle gebaut, die ihresgleichen sucht. Ob Winter oder Sommer, wenn Werner kocht, kocht er draussen bei seiner Feuerstelle. Schnell ziehen die Nachbarn nach und lassen sich von ihm auch eine solche Feuerstelle in den Garten pflanzen.

Aus schwerem Gusseisen formiert er die Unterlage und das Gestell, an welchem mehrere Pfannen über das Feuer gehalten werden können. Dass Werner als gelernter Koch auf diese Art und Weise die besten und möglichst naturbelassenen Gerichte auf die Teller zaubert, riecht man spätestens, wenn man, während Werner kocht, an ihrem Haus vorbeigeht.

Lotta und Jakob lernen früh, sich den Jahreszeiten anzupassen, denn das Essen wird immer draussen eingenommen, ungeachtet ob das Wetter warm, nass oder kalt ist. Werner und Tina gehen mit der Natur. So pflegen sie mit viel Herzblut ihren Garten, der im Verlaufe der Jahre zu einem regelrechten Gewächshaus gedeiht und man das Gemüse im kleinen Hofladen beziehen kann.

Manch einer der Nachbarn wird im Verlaufe der Jahre feststellen, dass der Lebensstil der Familie Trachsel zwar unkonventionell, aber "ehrlich" ist.

Tina hat früh entschieden, sich nicht Vollzeit um die Kindererziehung kümmern zu wollen und bevorzugt es, sich so weit wie möglich ihrer kreativen Seite zu widmen.

Kaum in das Haus eingezogen, sucht sie nach einem Atelier ganz in der Nähe ihres Wohnorts und wird rasch fündig im umgebauten Bauernhaus der Familie Gfeller.

Liebevoll richtet sie dort ihr Atelier ein und betritt man den grossen und hellen Raum, atmet man ein Gemisch von Tee und Farbe ein. Gemütlich soll der Raum sein, damit die Kunden, welche aus ihrem Alltag ausbrechen, möglichst rasch zu ihrer Ruhe finden und ihre kreative Seite leben können.

Nebst Maltherapie für Kinder bietet Tina Malkurse für Erwachsene an. Anfänglich finden die Menschen nur zögerlich zu ihr. Vorurteile Tina gegenüber müssen zuerst abgebaut werden. Wer aber den "Raum der Stille" betritt und von der leisen und meditativen Musik empfangen wird, der fühlt sich sofort angekommen und wohl.

Töpfern, das würde Tina auch noch gerne anbieten. Allerdings liegt die Anschaffung eines eigenen Ofens aktuell finanziell schlicht nicht drin und darum konzentriert sie sich erst mal auf die Maltherapien und -kurse.

Schon nur wenige Monate später darf Tina auf eine Stammkundschaft blicken, die es ihr ermöglichen, die Kosten zu decken. Die regelmässigen Einnahmen aus den Maltherapien mit den Kindern tragen dazu bei, dass das Einkommen stabil bleibt.

Tina hat die Gabe, auf die Kinder einzugehen und ihnen den Zugang zu ihrer Kreativität zu ermöglichen. Erschreckend für sie ist, wie die Kinder Mühe haben im Umgang mit Farben und Materialien, dabei wird das doch noch im Kindergarten gefördert! Ob die Kinder in der Schule all ihre Kreativität verlieren, weil sie auf das Lesen und Schreiben getrimmt werden? Manch einem Kind konnte Tina durch das regelmässige Malen den Zugang zu seinen Emotionen wecken oder wieder erlangen und sie wurde als Therapeutin und Kursleiterin äusserst geschätzt.

Das Atelier von Tina wurde rasch zu einem beliebten Begegnungsort und die liebevoll eingerichtete Tee- und Leseecke wurde besucht, auch wenn man keinen Termin bei ihr hatte. Auch Lotta und Jakob waren häufig im Atelier ihrer Mutter anzutreffen und lernten früh, sie mit anderen Kindern zu "teilen".

Währenddessen übernahm Werner die Rolle des Hausmannes. Nicht immer einfach für ihn, wurde er zwar als Handwerker ebenso geschätzt, aber konnte mit seiner eher ruppigen Art nicht bei allen Kunden punkten.

Lotta und Jakob hingegen konnten sich keinen besseren Vater vorstellen. Er hat ihnen die Schule des Lebens im Alltag gelernt. Geometrie zum Beispiel, kapierte Lotta nur, weil ihr Vater mit ihr zusammen einen Stall für ihr Kaninchen baute. Sie lernte Pläne lesen, ausmessen, berechnen und schaffte die Umsetzung des Gelernten in die Schule.

Lotta war eine gute Schülerin und brillierte nicht nur in den mathematischen Fächern, sondern stach mit ihrer hohen sozialen Kompetenz heraus. Ihre Familie lehrte ihr, zusammenzuhalten und mit wenig zufrieden zu sein.

7. KAPITEL

Erste Liebe

Im Hause Fankhauser ist Unruhe ausgebrochen. Hanna brachte ihren ersten Freund nach Hause. Ein netter Bursche ist es und kommt der Vorstellung eines "Traum-Schwiegersohnes" nahe.

Unterdessen 18-jährig, war es nur eine Frage der Zeit, bis Hanna erste Bekanntschaften schloss. Sie war wie schon als kleines Kind eher scheu und zurückhaltend, besass aber eine Tiefgründigkeit und Reife, die selten war und wohl auch dazu beigetragen hat, dass ihr erster Freund bereits 25-jährig ist. Mitten im Studium stehend und aus wohlhabender Familie stammend, entsprach er vollends der Vorstellung von Urs und Katja. Sie hiessen Gregor willkommen in der Familie und sie freuten sich über das Glück der Jungverliebten.

Überschattet wurde ihr Liebesglück mit dem Geständnis von Ella, dass auch sie sich verliebt habe. Allerdings zeichnete es sich rasch ab, dass aus dieser jungen Liebe nichts Ernstes werden kann. Ella war kaum 16 Jahre alt und konnte aus Sicht der Eltern noch nicht abschätzen, was Liebe bedeutet. Mit ihrer teils leichtgläubigen, unbekümmerten Art, war schnell passiert, dass sie sich auf ein Abenteuer einliess, dessen Ausgang kaum Freude auslöst.

Léon ging mit Ella in die Schule und kam bereits in früher Jugend mit dem Gesetz in Konflikt. Blieb es anfänglich bei kleineren Ladendiebstählen, gehörte er als

Jüngster rasch zu einer Jugendbande, die in Bern immer wieder für Schlagzeilen sorgten. Sie gerieten fast wöchentlich in Razzien während Fussball- und Eishockeymatches und nicht selten musste Katja solche Jugendliche vor Gericht vertreten und sah in ihrer Funktion als Anwältin in die Abgründe dieser jungen Leben.

Dass Ella nun ausgerechnet mit einem dieser "schweren Jungs" nach Hause kommt, löste in der gesamten Familie Alarmbereitschaft aus und die Eltern suchten das Gespräch mit Ella, die mit ihrem verliebten Blick die Sachlage nicht richtig ab- und einschätzen konnte.

Sie liess sich von Léons Liebesbeteuerungen verzaubern und glaubte an das Gute in ihm. Er versprach ihr immer wieder, dass er sich bessern wolle und genau sie die richtige Freundin für ihn sei, damit er die schiefe Bahn verlassen könne.

Ella glaubte und liebte.

Immerhin wurde sie nie in seine krummen Geschäfte und Machenschaften hineingezogen und Ella kämpfte wie eine Löwin, damit Léon wieder auf den richtigen Weg findet. Mehrmals gelang ihr, Léon von der Gruppe wegzubringen und ihre Hoffnung war jedes Mal riesig, dass er den Ausstieg aus der Bande endgültig schafft.

Ella trifft sich jeden Samstagabend, wenn Léon "draussen" ist, mit Lotta, die sie mit Rat und Tat unterstützt und selbst schwankt, zwischen ehrlicher Meinung teilen und Rücksicht auf Ella nehmen. Mit ihrer pragmatischen, aber sehr einfühlsamen Art hat Lotta längst erkannt, dass die Liebesgeschichte zwischen Ella und Léon nicht gut ausgehen wird.

Heute ist nicht der richtige Zeitpunkt, klaren Wein einzuschenken, denkt Lotta, als sie die Türe öffnet und ihr Ella freudestrahlend erklärt, dass nun alles gut kommen werde. Sie sei überzeugt, Léon sei heute Abend nicht mit den Schlägerfreunden unterwegs, sondern mit den ehemaligen Freunden aus der Schulklasse.

Wie gerne würde Lotta glauben, dass Léon dieses Mal die Wahrheit sagt – ihre innere Stimme ruft aber laut:

Jetzt geht es erst richtig los...

Leider sollte Lotta mit ihrer Intuition recht behalten. Am Sonntagmorgen kann Ella Léon telefonisch nicht erreichen. Später erfährt sie durch seine Schwester Cristin, dass Léon einmal mehr in Schwierigkeiten geraten sei und verhaftet worden ist. Die Mutter von Ella solle doch bitte schauen, Léon aus dem Knast zu holen.

Ella, völlig aufgelöst und enttäuscht von dieser Neuigkeit, wendet sich zuerst an Lotta, die ihr rät, ihre Eltern zu informieren. Lotta meint aber auch, dass ihre Mutter in diesem Fall kaum etwas unternehmen dürfe und sich jemand anderes um die Rechte von Léon kümmern soll.

Lotta nimmt Ella in den Arm und tröstet sie und spricht Worte aus, die aus tiefstem Herzen kommen: Liebe Ella, ich bin deine beste Freundin und stehe dir bei, so gut es mir gelingt. Léon aber tut dir nicht gut und ich kann nicht weiter zusehen, wie er dich in Dinge hineinzieht, die nichts mit deinem Leben zu tun haben. Ella, lass Léon los – er muss seinen eigenen Weg wählen, du brauchst ihn nicht zu retten.

Ella weiss, dass Lotta recht hat. Trotzdem: Ihr gegenüber war Léon stets charmant, liebevoll, verliebt und er hat sie auf Händen getragen. Kaum ein Mensch hat sie so zärtlich angeschaut, hat ihre Wünsche von den Lippen gelesen und sie geachtet und in ihr die längst verloren gegangene Leichtigkeit wieder geweckt.

Sie fühlte sich in seiner Gegenwart erstmals wieder wie als kleines Mädchen: unbekümmert, schwerelos und jubilierend. Sie meinte, dass sie all diese Gefühle an ihrem ersten Schultag vor dem Schulzimmer liegen gelassen habe – und erkennt nach vielen Jahren: Ich bin wieder ich.

Tage vergehen, an welchen sie nichts von Léon hört und mit jeder durchgeweinten Nacht, kommt die Erkenntnis näher, dass alle Personen um sie recht hatten: Léon ist nichts für sie. Sie ist so bitter enttäuscht von ihm, aber auch von sich selbst. Wie konnte sie sich nur auf Léon einlassen und warum war die Liebe von ihr zu ihm zu wenig stark, als dass er den Ausstieg aus diesem schlechten Umfeld geschafft hätte? Alles unbeantwortete und quälende Fragen. *Nie mehr möchte sie sich auf einen Mann einlassen,* denkt sie traurig.

◦⊃◦

Um Ablenkung suchend, besucht sie wieder regelmässig den einst so geliebten Ballettunterricht. Carmelina strahlt über das ganze Gesicht, als sie die junge, erwachsene Ella erblickt.

Sie findet, dass Ella immer noch bildhübsch ist, ihr fallen aber der traurige Ausdruck in ihren Augen auf. Ella ihrerseits hat nur Augen für den ihr so vertrauten Ballettsaal und als hätte es nie eine Pause gegeben, nimmt sie den Gang einer Primaballerina ein.

Die Musik beginnt und Ella taucht wieder einmal in die Welt der Musik und des Tanzes ein und vergisst all den Kummer der letzten Wochen.

Während des letzten Tanzes beschliesst Ella, Léon einen Brief zu schreiben. Sie möchte Ruhe in ihrem Herzen finden und weiss, dass sie das nur schafft, wenn sie ihm vergibt. Sie erkennt, wie Léon im Innersten ein feiner Mensch ist, dessen Seele einfach nicht frei ist. Sie spürt deutlich, wie korrekt der Schritt war, ihn ziehen zu lassen, denn nicht nur in ihren Träumen, auch in ihren Gedanken und Gefühlen, kommt immer mehr zum Ausdruck, dass sie ihr Leben nur auf einem reinen Gewissen aufbauen möchte. Mit einem kriminellen Partner an ihrer Seite liesse sich das nicht erreichen.

Als würde das Musikstück nie enden, tanzt sich Ella in einen Trance-ähnlichen Zustand voller Zuversicht. Die Worte, die sie ihm schreiben möchte, sieht sie klar vor ihrem geistigen Auge und wenn sie zu Hause ist, möchte sie ihm die Zeilen sogleich schreiben.

Nun lass mich den letzten Tanz frei von allen Gedanken fertig tanzen, denkt sie und dreht ihre Pirouetten weiter und weiter, schneller und schneller, bis sie fast ohnmächtig wird.

Nach der Tanzstunde fühlt sich Ella gestärkt und bereit, den letzten Akt in dieser Beziehung zu schreiben.

Lieber Léon

Ich werde ohne dich weitergehen. Vielen Dank für die vielen schönen Begegnungen. Ich wünsche dir, dass du deinem Herzen folgst und dich deine Seele befreit von Gewalt und Hass. Das Leben bietet uns allen unzählige Möglichkeiten, sich zu entfalten.

Ich schaffe es nicht, mich in deiner Welt zurechtzufinden. Bitte verzeihe mir.

Deine Ella

8. KAPITEL

60. Geburtstag

Die Tränen sind unterdessen getrocknet. Fünf Wochen sind es nun her, seit Ella den Brief an Léon abgeschickt hat. Sie hat von ihm eine Postkarte bekommen, mit ein paar Worten des Bedauerns und einer liebevollen Entschuldigung.

Über Drittpersonen hat sie mitbekommen, dass Léon unterdessen in einem Jugendheim wohnt und später zu Pflegeeltern umziehen wird. Die Recherchen der Untersuchungsbehörden haben zudem ergeben, wie unzumutbar die Zustände zu Hause für so einen jungen Burschen gewesen sind. Während der Haft habe sich angeblich Léon kooperativ verhalten und die Psychologen gehen davon aus, dass Léon als Mitläufer in der Gruppe unterwegs war, weil er sich auf der Suche nach Anerkennung und Nähe befand. All das habe er zu Hause nicht bekommen.

Léon ist noch so jung und die zuständigen Entscheidungsgremien möchten ihm die Zukunft nicht verbauen. Angesichts dessen ist er glücklicherweise, um eine strengere Strafe gekommen.

All dies beruhigt Ella, denn sie hat den guten Kern in ihm längst erkannt und wer weiss, ob man sich später nochmals begegnet?

Heute nun ist ein Freudentag. Die älteste Schwester von Ella's Vater feiert ihren 60. Geburtstag.

Selten genug trifft sich die gesamte Familie und ihre beiden Cousin's hat sie auch Jahre nicht mehr gesehen.

Hanna und Ella freuen sich auf die Reise. Die Tante lebt mit ihrer Familie in Wollerau am Zürichsee in einem grossen Haus mit einer Einliegerwohnung. Das Haus steht in einem ruhigen Quartier mit Blick auf den Zürichsee und über den Seedamm bis nach Rapperswil.

Bei schönem Wetter sind auch die Berge zum Greifen nah.

Wenn Ella jemals an einem anderen Ort leben möchte, dann hier in Wollerau oder in den Bergen. Sie wohnt zwar gerne in der Stadt, trotzdem fühlt sie sich viel freier und wohler auf dem Lande.

Marianne, die Schwester ihres Vaters, begrüsst die Gäste und Ella stellt fest, wie ähnlich die Tante ihrer Mutter, also Ella's Grossmutter, sieht. Obwohl sie ihren 60. Geburtstag feiert, ist Marianne in den Augen von Ella jung geblieben.

Sie war als beliebte Physiotherapeutin und Sportmasseurin auf der ganzen Welt unterwegs und betreute schon viele Sportler. Im Winter verreiste sie mit den Langläuferinnen und Langläufer sowie den Biathleten. Im Sommer war sie mit den Leichtathletikathletinnen und Athleten unterwegs und manch eine Medaille an den Weltmeisterschaften oder Olympiaden waren auch mitunter ihren Verdienst.

Marianne selbst war eine erfolgreiche Läuferin. Als Ella ihre Tante mal fragte, warum sie so viele Kilometer laufe, antwortete sie: "Schau, es ist das Gleiche wie wenn du tanzt. Ich kann während des Laufens abschalten und in meine Welt eintauchen. Ich kann meinem Atem folgen und meine Gedanken sind frei. Probleme lösen sich im Nichts auf und manch eine tolle Idee kam mir während des Laufens."

Als Ella klein war, konnte sie sich nicht vorstellen, dass man einen Marathon laufen kann. Und jetzt wird Marianne 60-zig Jahre alt und läuft in diesem Jahr wieder den Berlin Marathon und im nächsten Jahr den Marathon von Valencia. Ella nimmt sich vor, auch so fit zu bleiben im Alter, denn Marianne strahlt mit ihrem Witz und ihrer positiven Art so viel Freude aus, dass es ansteckend wirkt und sie einem viel jünger erscheint.

❦

Alle Gäste sind da. Die Stimmung ist ausgelassen und Urs und Katja freuen sich mit Marianne und ihrer Familie über dieses gelungene Fest. Die Party steigt im Garten bei bestem Wetter und sogar die Musik ist live vor Ort.

Nachdem das Dessert serviert wurde, richtet der Mann von Marianne ein paar Worte an sie und die Gäste. Die nach aussen projizierte Präsentation über das bisher Erlebte, illustriert das reichhaltige Leben von Marianne mit all den vielen Stationen.

Sie hat eine tolle Familie mit zwei wunderbaren Söhnen und ist überall beliebt, sei es im Beruf oder in ihrem Freundeskreis. Sie wird für ihre Hilfsbereitschaft geschätzt, aber noch viel mehr für ihren feinen Humor, Witz und ihre Liebenswürdigkeit.

Menschen wie Marianne braucht die Welt, gäbe es nur Marianne's, gäbe es Frieden auf Erden.

Paul, ihr Mann, bringt die eigens für sie modellierte Torte nach draussen. Alle Gäste stehen auf und versammeln sich um den Tisch und bevor die Torte von Marianne angeschnitten wird, stimmt Paul das Einzige für diesen Anlass passende Lied an. Sogleich stimmen die anderen Partygäste ins Lied ein:

❦

Happy Birthday to you, Happy Birthday to you, Happy Birthday, liebe Marianne, Happy Birthday to you.

Ein Hoch auf alle 60-jährigen Personen. Sie verdienen grossen Respekt für alles, was sie in ihrem Leben geleistet haben. Sei es in der Familie oder im Beruf. Sie befinden sich in der Blüte des Lebens – liebe Marianne und alle anderen 60-Jährigen: Erinnert euch an eure Träume und packt an, was noch möglich ist. Bald kommt die Zeit der Ernte und damit ihr das in vollen Zügen geniessen könnt, bleibt fröhlich, gesund und optimistisch. Ihr seid die Besten!

9. KAPITEL

Denia

Die Vorfreude ist riesig – das erste Mal geht es ans Meer. Die Familie Fankhauser ist bereit. Die zwölfjährige Hanna und ihre jüngere Schwester Ella haben ihren Koffer selbst gepackt, obwohl sie nicht recht wussten, was sie überhaupt mitnehmen sollen – Badekleider, Taucherbrille und Flossen sind dabei, ebenso die kürzlich gekauften Sommerkleider, die den beiden Mädchen so gut stehen. Auch ihr Vater Urs freut sich auf ein paar entspannte Tage an der Costa Blanca. Er kennt diese Ferienregion nur aus dem Prospekt, ist aber davon überzeugt, dass dieser Ferienort passend für seine Familie ist.

Im Stressmodus ist aktuell nur Katja, die sich kaum von ihren laufenden Geschäften lösen kann und es in letzter Minute doch noch geschafft hat, ein paar Sandwiches für die Reise zu streichen.

"Papa, fahren wir bald los?" stürmen die Mädchen. Ihnen kann es nicht schnell genug gehen, bis alle Koffer im Auto verstaut sind. "Wie lange müssen wir Auto fahren?" fragt Ella, die am liebsten schon in Denia wäre. Die lange Reise langweilt sie jetzt schon. Hanna ist in dieser Hinsicht wesentlich entspannter und sie lenkt Ella ab, indem sie ihr ein paar Vorschläge für Spiele unterbreitet, die sie im Auto spielen können. "Wir könnten zum Beispiel die Automarken erraten, die an uns vorbeifahren."

Urs würde die Reise auch lieber überspringen, aber Katja wollte nicht mit dem Flugzeug in die Ferien fliegen, also bleibt ihnen nichts anderes übrig, als die lange Reise mit dem Auto anzutreten.

"So, können wir?" fragt Katja ungewohnt fröhlich, als sie den Korb mit dem Proviant auf dem Rücksitz zwischen den Sitzen von Hanna und Ella platziert hat.

"Wir können", entgegnet Urs und wenige Minuten später verlässt Familie Fankhauser das Berner Quartier in Richtung Spanien.

Kaum verwunderlich, dass recht rasch im Auto eine gewisse Anspannung zu spüren ist. Urs, ein ruhiger und bedachter Autofahrer, muss sich konstant von Katja korrigieren lassen und Ella quengelt auf dem Rücksitz und fühlt sich in ihrer Bewegungsfreiheit zu lange eingeschränkt.

Die Eltern und Hanna probieren Ella abzulenken und sind froh, als sie plötzlich still wird – eingeschlafen ist sie und es folgen zwei Stunden voller Ruhe.

Alle geniessen die schöne Landschaft in Südfrankreich und sind froh, gegen Abend in Barcelona angekommen zu sein. Denn dort wird übernachtet und am nächsten Morgen erfolgt die Weiterfahrt.

Die Familie Fankhauser hat es geschafft – sie erreicht bei strahlendem Sonnenschein ihre Feriendestination, unmittelbar am Sandstrand. Ella springt zum Auto raus und rennt in gewohnter Manier und ihrem ersten Impuls folgend Richtung Meer. Noch nie hat sie so feinen Sand unter ihren nackten Füssen gespürt und dann steht sie das erste Mal in ihrem Leben im Meer. Wer Ella kennt, kann sich ihr strahlendes Gesicht vorstellen.

Doch als sie voller Freude zum Auto zurückkehrt, erfasst sie eine Panik! Die Eltern und Hanna sind weg. Wo sind sie nur geblieben? Wo befindet sich ihre Ferienwohnung? Sie fühlt sich für ein paar Augenblicke alleine und verloren.

Ihr fällt ein, dass die Personen, welche an ihr vorbeigehen, sie nicht verstehen würden. Was soll sie nun machen? Zurück zum Meer gehen, oder hier warten? Oder doch laut nach ihren Eltern und Hanna rufen?

Ella ist erleichtert, als sie wenig später Hanna erblickt, die sie einmal mehr gesucht – und zum Glück – gefunden hat. Ella drückt eine kleine Träne weg und folgt Hanna in die Ferienwohnung.

⚬

Die Ferien verlaufen, wie Familienferien verlaufen – die Kinder wollen möglichst viel am Pool oder Meer verbringen, die Eltern möchten gerne das Städtchen Denia kennenlernen und der Zufall will es, dass die Familie Fankhauser Bekanntschaft macht, mit einer Familie aus dem Kanton Zürich, welche drei Kinder im ähnlichen Alter haben.

Die Eltern der anderen Kinder sind einverstanden, als Katja und Urs am vierten Tag einen Nachmittag alleine verbringen möchten. Derweil bleiben Hanna und Ella mit ihren neuen Spielkameraden im Pool und planschen.

"Tschüssss" rufen alle Kinder Katja und Urs fröhlich hinterher und weiter gehen die Spiele im Wasser. Was für einen Spass und was für schöne Ferien, denken alle.

⚬

Urs und Katja – wieder einmal alleine unterwegs. Wann gab es dies das letzte Mal? Selten genug gibt es solche Momente und Urs fällt auf, wie angespannt Katja noch immer ist. Ihm fiel der Wechsel in den Ferienmodus wesentlich leichter, das Bundeshaus schien weit weg zu sein, zu sehr erfreut er sich ab der Meeresluft und den neuen

Eindrücken dieses hübschen Ferienorts. Katja aber scheint abwesend und tatsächlich schwirren ihr immer noch Paragrafen durch den Kopf und vor allem belastet sie ein Strafrechtsfall.

Katja ist sich bewusst, dass sie die Ferien geniessen sollte, abschalten müsste, um Kraft zu tanken für die bevorstehenden Monate.

Aber etwas anderes belastete sie auch noch: Immer mal wieder tauchen die Bilder auf, als Urs vor einigen Jahren, anlässlich der Ballettvorstellung von Ella, die Ballettlehrerin Carmelina angestrahlt hat und sie fragt sich in solchen Momenten, ob sie sich das alles nur eingebildet hatte. War ihr Urs wohl immer treu?

Auf der anderen Seite war Urs so zuvorkommend und aufmerksam und ging sehr behutsam und liebevoll mit ihr um. Sie wagte sich einfach nicht, das Thema anzusprechen – sie hätte die Kraft nicht dazu, sich mit solchen Schwierigkeiten auseinanderzusetzen. *Sie wird sich das alles nur eingebildet haben,* beruhigt sich Katja selbst, als sie vor dem "Castillo de Denia" angekommen sind.

Beim Jachthafen stehen die Mauern dieses Castillo und darin befindet sich das Archäologische Museum mit römischen Artefakten, die in der Umgebung gefunden wurden – sie liebt solch geschichtsträchtige Orte und endlich gelingt es Katja, die Gedanken an zu Hause für ein paar Stunden beiseitezulassen.

Nach dem Besuch des Museums schlenderten sie Händchen haltend durch das Städtchen Denia und Katja spürte die kraftvolle Energie und Ruhe, die Urs ausstrahlte und ihr auch nach so vielen Jahren Beziehung so guttat.

Warum nur, konnte Urs ihr so liebevoll begegnen und sie zeigte ihm häufig die kalte Schulter?

Bildete sie sich das mit Carmelina wirklich nur ein und war es Katja's Angst, Urs zu verlieren, weil sie wusste, dass sie sich ihm gegenüber viel weniger liebevoll zeigte, als umgekehrt?

Manchmal fragte sie sich selbst, warum sie so kühl und abweisend sein konnte und gerne hätte sie aus ihrer Haut springen und die fürsorgliche und liebende Ehefrau und Mutter sein wollen.

Dabei erinnert sie sich, was ihr anerzogen wurde: eine selbständige und erfolgreiche Berufsfrau zu werden, die trotz Familie ihre Eigenständigkeit behalten solle – so hat es ihr Vater ihr immer wieder eingetrichtert – wobei ihre Mutter ja gerade das Gegenteil vorlebte – sie war materiell vollkommen abhängig von ihrem Mann und half mit in der Arztpraxis, ohne je einen Franken verdient zu haben. Daneben hat sie den Haushalt geschmissen und war für die Kinder da.

Warum wohl hat ihr Vater dann solche Anforderungen an sie gestellt? Und warum nur, gelang es ihr nicht, erfolgreich im Beruf und trotzdem liebevoll zu sein?

Wenn sie doch nur endlich dieses Gedankenkarussell abstellen könnte, schimpft Katja innerlich mit sich selbst. *Geniesse nun den freien Nachmittag und das Schlendern in diesem hübschen Städtchen,* befahl sie sich.

Geht doch, denkt sie, als sie wenig später Platz an einem kleinen Tisch finden und sich nebst einem Kaffee einen grossen Eisbecher bestellen. Katja schliesst für einen Moment die Augen und geniesst die Sonnenstrahlen.

Danke für diesen schönen Nachmittag, spricht sie innerlich und kehrt in einer vollkommen anderen Stimmung retour in die Ferienanlage.

Aus der Ferne hört sie das ausgelassene Kindergelächter und Ella steht einmal mehr im Mittelpunkt und sprüht nur so vor Ideen, was sie alles spielen könnten. Hanna hat sich unterdessen auf ihren Liegestuhl zurückgezogen und liest in einem ihrer vielen Bücher und scheint ebenso fröhlich zu sein – einfach auf ihre Art und Weise. Die Eltern der anderen Kinder kommen nicht zum Schwärmen raus – alle Kinder hätten so schön zusammen gespielt und sich Spiele ausgedacht und sie hätten ihre eigenen Kinder schon sehr lange nicht mehr so aufgestellt und energiegeladen erlebt.

Was zu diesem Zeitpunkt noch niemand ahnte: zwischen der Familie Fankhauser aus Bern und der Familie Künzler aus Winterthur entwickelt sich eine langjährige

Freundschaft und die Sommerferien verbrachte man fortan immer gemeinsam in Denia. Und zwischen Ella und Mara entwickelte sich eine Brieffreundschaft und Freundschaft, die bis ins Erwachsenenalter hinhält.

Zurück im Alltag hat sich etwas verändert: Die Familie Fankhauser hat ein zweites Zuhause gefunden, ein Ort der Inspiration, der Ruhe und des Friedens.

Nie kam jemand auf die Idee, die Ferien an einem anderen Ort zu verbringen, sondern alle freuten sich auf entspannte Wochen im Kreise ihrer neuen Freunde.

Katja hat in der Mutter von Mara, Eliane, erstmals eine richtige Freundin gewonnen. Die beiden Frauen tauschten sich rasch über sehr persönliche Themen aus und Katja bedauerte zutiefst, nicht schon früher solche Freundschaften gepflegt zu haben.

10. KAPITEL

Beste Freundin

Einige Jahre schon dauert der Kontakt zwischen den Familien Fankhauser und Künzler und insbesondere zwischen den Frauen hat sich zunehmend eine tiefe Freundschaft entwickelt.

Eliane interessiert sich nicht für die Anwältin Katja, sondern für den "Menschen" Katja. Sie hat ein feines Gespür und bringt es immer wieder fertig, Katja zum Erzählen zu bringen. Bei ihr fühlt sich Katja wie in Watte gepackt. Nichts droht zu eskalieren, alles wird fein abgefedert und auch wenn sie mal ihren Schmerz zulässt und in Tränen ausbricht, so nimmt Eliane sie einfach in die Arme und tröstet sie. Bei ihr darf Katja schwach sein, darf Frau sein, darf verletzlich sein und darf die taffe Schale abstreifen und ihr auch offenbaren, wie schwer es ihr fällt, Ella als ihr Kind zu lieben.

Eliane war ab diesem Geständnis irritiert, weil sie Ella sofort ins Herz schloss und sich nicht vorstellen konnte, dass ausgerechnet die eigene Mutter dieses bezaubernde Mädchen nicht lieben kann. Eliane hat sich intensiv Gedanken über mögliche Gründe gemacht und blieb immer wieder ratlos zurück. Im Gespräch mit einem engen Freund, welcher Psychologe ist, kam Eliane auf eine mögliche Spur. Beim nächsten Treffen − nur unter Freundinnen − sprach Eliane das Thema erneut an und sie spürte instinktiv, dass Katja bereit war, sich dem schmerzhaften Thema "Tochterliebe" zu stellen.

Katja schüttete Eliane ihr Herz aus und offenbarte ihr Geschehnisse aus ihrer Kindheit und erzählte mitunter auch über den grossen Leistungsdruck, ausgeübt durch ihren Vater. Auch bekam sie, ihrem Bedürfnis entsprechend, zu wenig Zuneigung durch ihre Eltern. Sie mag sich an frühkindliche Momente erinnern, als sie Nähe von ihren Eltern suchte, aber weggewiesen wurde, weil sie keine Zeit hatten und mit Arbeit oder den anderen Kindern beschäftigt waren.

Zunehmend hat sich Katja in ihre Welt zurückgezogen und entwickelte eine grosse Angst vor Ablehnung – was sich auch darin zeigte, dass sie kaum Freundinnen oder Freunde hatte. Dass sie sich auf Urs einliess, war dem Umstand zu verdanken, dass er eine unfassbar grosse Bewunderung für sie zeigte und er sie annehmen konnte, wie sie ist. Bei Urs fühlte sie sich aufgehoben und er stellte keine Fragen, wenn sie wieder einmal unnahbar war, sondern er begegnete ihr immer in grosser Liebe und Fürsorge. Das gab ihr viel Raum und sie war ihm sehr verbunden, dass er von ihr annehmen konnte, wie sie imstande war, ihm zu geben.

Richtig wohl und in ihrem Element fühlt sich Katja nur, wenn sie arbeitet und je komplizierter sich der Fall zeigt, umso motivierter ist sie, den Prozess zu gewinnen. Es geht dabei immer um "Sieg oder Niederlage". Katja kann sich in die Gesetze, Verordnungen und Bundesgerichtsentscheide vertiefen, bis das Plädoyer dem entspricht, um den Prozess zu ihren Gunsten zu entscheiden.

Gut fühlt sie sich, wenn sie die besseren Argumente ins Feld führen und die Gegenpartei nicht kontern kann. Sie erlangt dabei grosse Anerkennung bei Kolleginnen und Kollegen und bei sämtlichen Gremien wie Gerichte und Staatsanwaltschaften. Der wirtschaftliche Teil interessiert sie dabei kein bisschen.

Dank des guten Einkommens von Katja, konnte Urs unterdessen die Funktion als Spitaldirektor aufgeben und mit seiner Nationalratsentschädigung hilft er mit, das Familieneinkommen auf einem überdurchschnittlich hohen Niveau zu halten.

Eliane und Katja vereinbarten, sich regelmässig zu treffen – nur sie zu zweit. Nicht selten reist Eliane nach Bern und sie haben es sich zur Routine gemacht, entlang der Aare zu spazieren – da lässt es sich besonders gut unterhalten, findet Katja.

Heute ist erneut ein solch prächtiger Nachmittag. Katja wartet voller Vorfreude auf die Ankunft von Eliane – aussergewöhnlich früh steht sie am Perron, um ihre Freundin in Empfang zu nehmen.

Heute soll der Spaziergang wieder an die Aare führen, aber in die entgegengesetzte Richtung. Angeblich befinde sich dort in der Nähe ein Café mit feinen Kuchen.

Katja hofft, dass Eliane bereit ist, eine neue Route mit ihr zu gehen und sie stellt fest, dass sie sich Gedanken darüber macht, ob ein Plan auch für ihr Gegenüber stimmt.

Leicht beschämt ab dieser eigenen Beobachtung fallen ihr viele Situationen ein, bei welchen sie sich nie die Frage gestellt hat, was für ihre Mitmenschen passt. Weder im Beruf noch Privat. Es geht immer nur um die Befriedigung ihrer eigenen Bedürfnisse. Ist das wirklich so?

Und wieder einmal beschleicht sie, wie angeworfen, ein Anflug von Unzulänglichkeit.

Ob sie eine Egoistin ist? Oder gar eine Narzisstin? Jetzt, wo sie am Bahnperron steht, das "wuselige" Treiben am Bahnhof Bern beobachtet, fühlt sie sich vollkommen verloren und "in der Masse komplett untergehend".

Niemand, der sie bewundernd anschaut, wie wenn sie durch die Gänge der Gerichte oder Büros geht und ihr dies die Anerkennung gibt, die sie sich selbst nicht geben kann!

Fällt es mir darum so schwer, mich in meine Tochter einzufühlen? Distanzierte sich darum Urs vor ein paar Jahren von ihr und flirtete mit der Ballettlehrerin ihrer Tochter? Hat sie darum auch nie Freundschaften pflegen können und wurde sie nur bewundert, weil sie eine gute Schülerin und jetzt Anwältin war und gut aussieht?

Katja sitzt auf einer Bank, der Zug aus Zürich ist verspätet und sie merkt, wie es ihr immer unwohler wird.

Seit Jahren war sie nie mehr alleine in einer solchen Menschenmasse wie heute am Bahnhof Bern. An einem Ort grösster Hektik, aber auch einem Ort vollster Anonymität. Niemand interessiert es, auf wen sie wartet, niemand weiss, dass sie die erfolgreiche Anwältin Dr. Katja Fankhauser ist – sie ist einfach ein kleines "Nichts" – zumindest fühlt es sich für sie so an.

Oder ist das genau das, was es ausmacht, wenn man erkennt, dass man "Mensch" ist?

Nackt und alleine sind wir auf die Welt gekommen und genauso werden wir auch alleine wieder gehen.

Aber wer bin ich überhaupt, fragt sich Katja? Hat sie heute einfach einen schlechten Tag? Nein, die Vorfreude auf das Wiedersehen mit Eliane hat sie am Morgen beflügelt – dann kann es doch nicht sein, sich wenige Stunden später so klein wie eine graue Maus zu fühlen?

Quälende Gedanken übermannen sie und sie hofft, sich rasch in die tröstenden Arme von Eliane stürzen zu dürfen.

"Was ist passiert?" Das die erste Frage von Eliane, als sie ihre Freundin Katja grau im Gesicht und mit rot verweinten Augen antrifft.

Katja umarmt Eliane und ist für einige Momente das kleine Mädchen Katja, das so häufig eine solche Umarmung gebraucht hätte – und diese Zuneigung nicht erhalten hat. Sie weint uralte Tränen und spürt, dass dies Platz hat. Eliane wiederum, weiss die Situation richtig einzuschätzen und spricht beruhigend auf sie ein. Alles komme gut und sie solle all diese Gefühle zu- und hinauslassen. Die Umarmung dauert lange und Eliane drückt Katja fest an sich und diese lässt alles gewähren.

Selten war ein Tag für Katja dermassen aufwühlend wie dieser Tag. Es ist ein Tag des Einläutens einer Kehrtwende in ihrem Leben. Der Spaziergang mit Eliane tat ihrer verletzten Seele gut. Eigentlich spielte es überhaupt keine Rolle, ob sie nun diesen oder einen anderen Weg zusammen gingen. Hauptsache sie gingen und sie redeten.

Die Worte sprudelten vor allem bei Katja nur so aus ihr heraus und sie merkte, wie sie einen Wortschatz wählte, den sie sonst nie verwendete.

Wie spricht man über Gefühle? Wie beschreibt man einen seelischen Schmerz? Wie geht man mit solchen Gefühlen um, die wie eine Lawine über einem zu stürzen drohen? Wie gesteht man sich und seiner besten Freundin ein, sich nicht mehr zu spüren? Wie gibt man eine komplette Überforderung im Umgang mit der eigenen Tochter zu? Wie schafft man es, ein jahrelanges Chaos wieder in geordnete Bahnen zu lenken?

All das bricht im Zusammensein mit Eliane aus Katja heraus. Der Spaziergang scheint nicht enden zu wollen und so vereinbaren sie, auch den Abend zusammen in Bern zu verbringen. Eliane kann Katja in diesem Zustand noch nicht nach Hause ziehen lassen.

Das Nachtessen tut Katja gut und allmählich fasst sie sich und verspricht Eliane, nun nicht wieder die Türe zu ihrem Herzen zu verschliessen, verspricht aber auch, all die Themen getrennt voneinander zu entwirren. Zudem erkennt Katja, dass nun auch sie Hilfe von einer ausgebildeten Person in Anspruch nehmen muss und entscheidet sich, eine ihr bereits empfohlene Psychologin zu kontaktieren. Grad morgen werde sie einen Termin vereinbaren, nimmt sich Katja fest vor.

Nun sitzt Eliane im Zug heimwärts nach Zürich – zwar vollkommen müde, aber sehr glücklich, ihrer Freundin beim Entdecken ihrer ureigenen Persönlichkeit begegnet zu sein und ihren Beitrag dazu geleistet zu haben, sie zu motivieren, am Thema dranzubleiben.

Katja wiederum sitzt im Tram und ist nur 15 Minuten von ihrem Zuhause entfernt. Sie ist vollkommen ruhig und es fühlt sich so an, als hätte sich innerlich eine Tür zu einem längst verborgenen Schatz geöffnet – und: Ein Zustand, der sich anfühlt, als wär etwas weggefallen, was sie Jahrzehnte lang bedrückt hatte und sie so verschlossen und kühl erscheinen liess.

❦

Hanna ist am Lernen und Ella am Telefonieren – Urs sitzt hinter seinem Bürotisch und liest etwas für die morgige Session.

Er blickt über den Rand seiner Brille, als Katja in seinem Büro steht. Es kommt ihm so vor, als stünde eine ihm unbekannte Schönheit im Türrahmen.

Wie sehr er sie doch begehrt und heute scheint sie ihn mit ganz anderen Augen anzusehen.

Sie lächelt ihn an und sagt: "Danke, dass du an meiner Seite bist. Ich liebe dich."

11. KAPITEL

Aufbruch

Ella's unbeschwerte Kindheit liegt bereits einige Jahre zurück. Sie hat sich durch die Schule gekämpft und ihren ersten grossen Liebeskummer hinter sich gelassen. Eben hat sie ein längeres Telefongespräch mit ihrer Freundin Lotta geführt. Sie hat ihr von ihren Ferien bei ihrer Tante Marianne in Wollerau erzählt. Wie sich das Leben dort viel entspannter anfühlte, als mitten in der Stadt und dass sie mit ihren Cousin's besprochen habe, gerne zu ihnen zu ziehen.

Lotta, einmal mehr, ihrer Freundin beratend zur Seite stehend, schwankt zwischen Aufmunterung, das umzusetzen und zwischen Panik, dass ihre Freundschaft dann gefährdet sein könnte. Sie selbst ist in Bern am Gymnasium und Ella hat die Schule abgeschlossen, aber noch keine Lehrstelle in Aussicht. Sie weiss einfach nicht, was sie lernen soll. Ella weiss aktuell gar nichts – nur, dass sie möglichst rasch von zu Hause weg will.

Mit Ausnahme der entspannten Ferien in Denia hat sich das Verhältnis zwischen ihr und ihrer Mutter in den letzten Jahren deutlich verhärtet.

Katja verlangte von ihr viel die grössere Leistung als von Hanna. Was konnte Ella dafür, dass sie die Schule nach wie vor langweilte? Sie wollte frei sein, erwachsen sein und wollte einfach über ihr Leben selbst bestimmen – frei von Konventionen und ihr schwebte ein Leben vor, wie es Lotta vorgelebt wurde. Überhaupt war bei Lotta zu Hause viel grössere Entspannung und Freiheit zu spüren.

Ella verlangt ein Gespräch mit ihren Eltern und ihnen kommt es so vor, als sässe das kleine Schulmädchen von damals am Tisch, das am ersten Schultag trotzig eröffnete, dass sie keine Musterschülerin sein werde.

Genauso trotzig sitzt Ella unruhig auf ihrem Stuhl und verkündet, dass sie zu Tante Marianne und Onkel Paul nach Wollerau ziehen wolle. Sie suche sich dort einen Ausbildungsplatz und alles Weitere sei schon eingefädelt.

Katja, komplett überfordert mit der Situation, da sie gerade arg selbst mit ihren Problemen beschäftigt ist, reagiert schroff und ablehnend und findet alles eine "gesponnene Idee".

Urs, der liebende Vater, schaut seine Tochter mit einer etwas neutraleren Brille an und ist in erster Linie einfach beeindruckt von seiner mutigen Tochter.

Da ist er wieder, sein kleiner Wirbelwind – wie schön sie doch ist. Sie wird sich dessen wohl gar nicht bewusst sein, davon ist Urs überzeugt – und wie sehr er sein Kind doch liebt. Und wie sehr er sich wünschte, dass Ella sich verwirklichen kann – neun Jahre Schule sind genug – Ella muss unter die Leute, muss sich wie ein Schmetterling aus dem engen Kokon befreien können, um ihre Schönheit zu entfalten und fliegen zu können – er weiss, dass die Wurzeln tief genug sind und sie auf sich selbst aufpassen kann – im Wissen darum, dass sie jederzeit nach Hause zurückkehren darf.

Am nächsten Morgen ist für Urs klar, dass er mit seiner Schwester Marianne reden muss, um sich eine abschliessende Meinung bilden zu können.

"Ich bin begeistert von der Idee", sagt Marianne am Telefon erfreut. "Ella ist reif genug, jetzt schon wegzuziehen. Sie ist in Wollerau genau richtig und ich verspreche dir, ihr bei der Suche eines Ausbildungsplatzes unterstützend zur Seite zu stehen", beruhigt Marianne weiter. Sie tauschen sich über das weitere Vorgehen aus und Urs ist fest davon überzeugt, dass es richtig ist, sein Mädchen ziehen zu lassen – auch wenn es ihm schwerfällt. Loslassen der Kinder gehört nun mal dazu und ihm fällt es leichter Ella gehen zu lassen, im Wissen, dass sie diesen Schritt braucht, um wieder zu sich zu finden.

Ihm hat seine Tochter während der Schulzeit leidgetan. Nicht dass sie eine schlechte Schülerin gewesen wäre, aber es war eine Tortur für sie, den ganzen Tag stillzusitzen, zuzuhören und ihren Bewegungsdrang zu unterdrücken. Ihr ging es viel zu langsam vorwärts, sie hat alles früher erfasst und hätte den Schulstoff viel schneller verarbeiten können.

Der Tag kam, an welchem sie komplett abgehängt hatte und in eine Lethargie gefallen ist, die beängstigend auf Urs wirkte. Er war dankbar, dass Ella ihre Freundin Lotta an ihrer Seite hatte, die sie verstand, motivierte, tröstete und die ihr mit Leichtigkeit gut zureden konnte.

Ihnen als Eltern, vor allem Katja als Mutter, blieb der Zugang zu Ella im Moment verwehrt.

12. KAPITEL

Ausbildung

"Guten Morgen und herzlich willkommen im Seedamm Plaza Hotel."

Dies wohl die häufigsten Worte von Ella, seit sie ihre Ausbildung als Rezeptionistin gestartet hat. Es kommt ihr so vor, als würden die Wochen und Monate nur so verfliegen und sie blüht nicht nur in ihrer Lehre auf, sondern avanciert zum Liebling im Hotel.

Schnell wird man auf sie aufmerksam und stellt fest, mit was für einer Freude sie an der Arbeit ist und sich auf die Gäste einlässt, um ihnen einen angenehmen Aufenthalt zu ermöglichen. In der Schule brilliert sie genauso wie in der praktischen Ausbildung. In jeder Abteilung würde man sie am liebsten behalten. Ella gefällt die Hektik und sie kommt in Höchstform, sobald viel los ist.

Ella ist die geborene Gastgeberin. Stets mit einem freundlichen Lachen empfängt sie die Gäste, begleitet sie zu ihren Zimmern und steht ihnen für Fragen zur Verfügung.

Ist sie bei den Seminaren eingeteilt, betreut sie die Gäste von Beginn der Veranstaltung bis zur Verabschiedung, wobei sie den Gästen das Gefühl vermittelt, sie längst in ihr Herz geschlossen zu haben.

Dadurch fühlen sich die Gäste top betreut und manch ein Gast ist in einem anderen Zusammenhang wieder ins Seedamm Plaza Hotel zurückgekehrt, weil ihm der Aufenthalt dort besonders gut gefallen hat.

Zur Ausbildung gehörte auch ein Semester in der Küche und dem Restaurantbetrieb – na ja, in der Küche war sie eher etwas überfordert und lieber stellte sie sich zur Verfügung, im Service mitzuhelfen.

Es dauerte einen Moment, bis Ella erkannte, warum es ihr dort besser gefiel: Es war der direkte Kontakt mit dem Gast, der sie zu Höchstleistungen beflügelte. Sie war am Puls des Geschehens und konnte rechtzeitig erkennen, was der Gast für Bedürfnisse hat – irgendwie konnte Ella all die verschiedenen Menschen lesen und ihnen das geben, was sie gerade benötigten.

Selbst ihre Eltern, vor allem Katja, mussten anerkennen, dass Ella am richtigen Ort ist und als sie während eines Wochenendes bei ihr im Hotel logierten, wurde ihnen klar, warum der Schritt von Bern nach Wollerau für ihre Tochter so wichtig war.

Flink und in gewohnter Leichtigkeit serviert sie ihren Eltern das Nachtessen und wenige Minuten später beobachten sie stolz, wie Ella einem älteren Ehepaar den Wein einschenkt. Alles passiert locker und unaufgeregt, einfach in einer Natürlichkeit und verbunden mit einer grossen Freude.

Wer hätte das gedacht, dass Ella einen solchen Beruf wählt? Katja hätte ihre Tochter schon lieber in einer anderen Richtung gesehen. Warum nicht als Ärztin – oder Physiotherapeutin oder als Lehrerin? Für sie selbst wäre ein Beruf, bei dem man fremde Leute bedient, nichts. Sie könnte nicht damit umgehen, wenn täglich Reklamationen eingingen und man den Gästen alle Wünsche erfüllen müsste. Katja erkennt einmal mehr, wie Ella ihren Weg geht, ohne die Meinung von ihr als Mutter je erfragt zu haben. Die Distanz zwischen ihnen beiden ist immer noch spürbar und das wird wohl noch eine Weile so bleiben.

Zu gross ist die bestehende Barriere zwischen ihnen, vor allem, sobald es um das Mutter-Tochter Thema geht. Seit Ella weg von zu Hause ist, konnte Katja diesen schmerzhaften Teil ihrer Geschichte etwas verdrängen, da ihr guttat, ihre Tochter nicht jeden Tag zu sehen und daran erinnert zu werden, dass sie sich dem Konflikt endlich stellen müsste.

Die Lehre neigt sich dem Ende entgegen, nicht aber der Wunsch von Ella, weiterhin bei Marianne und Paul leben zu dürfen.

Sie liebt ihre Arbeit, aber auch das Zusammensein mit ihren neuen Freunden in Wollerau und Umgebung. Wie sie die kleine Stadt Rapperswil am anderen Ende des Seedamms liebt – sei es für einen Kaffeehalt, einen Spaziergang am See oder einer ihrer vielen Schifffahrten – und auf das Zusammensein mit ihren zahlreichen Freundinnen und Freunden möchte sie auch nicht verzichten.

Perfekt ist ihr Leben, wenn am Wochenende Lotta aus Bern anreist und Mara aus Winterthur. Die drei jungen Frauen verbindet eine tiefe Freundschaft und sie teilen sich nicht nur die schönen Seiten ihres Lebens, sondern tauschen sich auch aus, wenn eine von ihnen einen Ratschlag gebrauchen kann.

Lotta kämpft sich durch das Gymnasium und wohnt weiterhin bei ihren Eltern und Mara schliesst ihre Ausbildung als Fachangestellte Gesundheit gleichzeitig wie Ella ab.

Und wie geht es nach der Lehre weiter?

Ella liebt ihren Beruf von Herzen, hat aber mit der Ausbildnerin besprochen, dass sie noch ein halbes Jahr im Lehrbetrieb bleibt und nachher weiterzieht, um an einem anderen Ort neue Erfahrungen zu sammeln.

Ein Entscheid mit weittragenden Auswirkungen – Ella wird der Einstieg in das Berufsleben nach der Lehre nicht einfach gemacht und sie fällt zurück in die Enge einer Zwangsjacke, wie sie es kannte von der Schule. Was genau ist passiert?

Zuerst nimmt sie uns mit in ihre ersten Ferien in Denia ohne Eltern, dafür mit Lotta und Mara – eine Begegnung mit tiefgreifenden Folgen wird sich dabei ergeben.

13. KAPITEL

Wir drei

Die drei Girls können den Tag kaum erwarten – Mitte Juli geht die Reise endlich los. Für drei Wochen verreisen Ella, Lotta und Mara nach Denia. Lotta hat Ferien am Gymnasium, Mara und Ella haben ihren Lehrabschluss in der Tasche und dürfen sich mit diesen Ferien belohnen.

Was für eine interessante, lehrreiche, aber auch strenge Zeit liegt hinter ihnen. Ist es nicht ein Geschenk, drei so tolle junge Frauen auf ihrem Weg begleiten zu dürfen?

Am Abreisetag herrscht in Wollerau, Winterthur und Bern Hektik – die Vorfreude auf die gemeinsamen Ferien ist riesig, aber jede von ihnen hat auch Respekt davor, das erste Mal ohne Eltern zu verreisen – für Lotta ist es überhaupt das erste Mal, dass sie ins Ausland in die Ferien verreist. Ferien im Ausland lag bei ihrer Familie finanziell schlicht nicht drin.

Tina und Werner haben ihren Verdienst in ihre Kinder Lotta und Jakob investiert und in ihr Zuhause, welches jedes Jahr wieder um eine Attraktion reicher gemacht – längst ist der kleine Hofladen im Quartier ein beliebter Ort, um Eier und Gemüse zu beziehen. Werner hat zudem etwas ausserhalb des Quartiers, am Waldrand, ein Bienenvolk aufgezogen und auch der eigene Honig wird im Hofladen verkauft und geht weg, wie "warme Weggli".

Tina konnte sich schon vor Jahren den Brennofen leisten und töpfert die unglaublichsten Werke. Praktisch jede Nachbarin serviert das Essen aus Geschirr von Tina –

sie kreiert ständig neue Geschirr-Kollektionen und ist daran, Personal einzustellen, damit man auch einen Online-Handel aufziehen kann.

Der Bruder von Lotta, Jakob, ist unterdessen ein toller junger Mann geworden und tritt in die Fussstapfen seines Vaters und lernt einen Handwerkerberuf – Zimmermann.

Mara, wohlbehütet in Winterthur aufgewachsen, freut sich ebenfalls auf die gemeinsamen Ferien und ihr macht nicht die Reise Sorgen, sondern sie zweifelt vielmehr, dass sie zu dritt verreisen. Ist dann nicht immer eine der Freundinnen das "fünfte Rad am Wagen?" Lotta und Ella kennen sich so gut, dass Mara den leisen Verdacht schöpft, dass sie dann die Ausgeschlossene sein könnte. Eliane, ihre Mutter redet ihrer Tochter gut zu und schätzt Ella nicht so ein, eine der Freundinnen auszuschliessen. Trotzdem versteht sie die Zweifel von Mara. Der Vorteil von Mara ist, dass sie Denia gut kennt und im Notfall auch einmal alleine etwas unternehmen könnte. Ihr Koffer ist gepackt und morgen geht die gemeinsame Reise los.

Ella, wie immer zappelig, hat zu viel eingepackt und räumt ihren Koffer unterdessen zum dritten Mal um.

Es war ein sonniger Nachmittag im malerischen Hafen von Denia, als Ella, Lotta und Mara dort ganz in der Nähe ihr Hotelzimmer beziehen. Die warme Luft trägt den Duft von Meer und Salz mit sich, während die Wellen sanft gegen die Ufermauer schlugen. Die drei Freundinnen, in ihren Sommerkleidern, spazierten kurze Zeit später entlang der Promenade und liessen die Atmosphäre auf sich wirken.

Lotta war das erste Mal in Denia und war sofort von der Schönheit dieses Ortes fasziniert. Ella und Mara haben ihr berechtigterweise von diesem Ort vorgeschwärmt. Die bunten Fischerboote, die im Hafen schaukelten, die historischen Gebäude und die kleinen Cafés, die köstliche Tapas und kühle Getränke anboten, zauberten auch ihr ein Lächeln ins Gesicht.

Während Ella und Mara in ein Gespräch vertieft waren, liess Lotta ihren Blick über das Wasser schweifen. Plötzlich erregte ein kleines Fischerboot ihre Aufmerksamkeit, das gerade in den Hafen einlief. Sie machte Ella und Mara auf das Boot aufmerksam. Der Anblick hatte etwas Beruhigendes und doch Abenteuerliches. Der Name des Bootes, "La Esperanza" war in eleganten Buchstaben auf den Bug gemalt.

Als das Boot näherkam, bemerkte Ella einen jungen Mann an Bord, der damit beschäftigt war, die Leinen vorzubereiten. Seine Bewegungen waren sicher und geschickt und obwohl sie ihn noch nie zuvor gesehen hatte, spürte sie eine unerklärliche Anziehungskraft.

Der junge Mann bemerkte Ella ebenfalls. Seine tiefbraunen Augen trafen ihre und für einen Moment schien die Zeit stillzustehen. Er war von Ellas Schönheit und ihrem strahlenden Lächeln fasziniert. Als das Boot festgemacht war, sprang er an Land und ging direkt auf sie zu, als ob ein unsichtbarer Faden ihn zu ihr zog.

"Hola, ich bin Yago", sagte er mit einem charmanten Lächeln. "Wie heisst du?", fragte er sie.

"Ella", die knappe Antwort und sie spürte, wie ihre Wangen erröteten. "Schön, dich kennenzulernen."

Lotta und Mara beobachteten die Szene und liessen die beiden kurz allein.

Yago und Ella standen nun am Ufer, umgeben von den Geräuschen des Hafens und dem Rauschen des Meeres. "Bist du zum ersten Mal in Denia?" fragte Yago, und seine Stimme hatte einen beruhigenden Klang.

"Nein, ich verbrachte seit vielen Jahren die Sommerferien hier. Dieses Jahr bin ich allerdings das erste Mal ohne meine Eltern, dafür mit meinen Freundinnen verreist", antwortete Ella. "Es ist einfach unglaublich schön da und darum komme ich fast jedes Jahr hierher."

"Das ist es", stimmt Yago zu. "Ich bin Fischer und bin hier in der Nähe aufgewachsen und komme häufig in den Hafen von Denia. Wenn du möchtest, zeige ich dir die besten Orte."

Und so begann ihre gemeinsame Zeit. Yago führte Ella durch verwinkelte Gassen der Altstadt, die sie noch nicht kannte. Während Mara und Lotta verschiedene Märkte und andere Sehenswürdigkeiten besuchten, zeigte Yago Ella die versteckten Strände und die besten Aussichtspunkte. Sie lachten, sprachen über ihre Träume und Wünsche und genossen die einfachen Freuden des Lebens.

An einem Abend, als die Sonne hinter dem Horizont verschwand und der Himmel in warmen Orangetönen leuchtete, sassen sie auf den Felsen am Meer. Das Wasser glitzerte im Abendlicht und der Moment fühlte sich magisch an. Yago nahm Ellas Hand und sah ihr tief in die Augen. Mit gebrochenem Englisch und den wenigen Spanisch-Kenntnissen von Ella unterhielten sich die beiden.

"Ella, seit dem Moment, als ich dich gesehen habe, wusste ich, dass du etwas Besonderes bist. Ich habe das Gefühl, dass wir füreinander bestimmt sind."

Ella lächelte verlegen und erwiderte seinen Blick. "Ich fühle das Gleiche, Yago. Es ist, als hätten unsere Seelen einander gesucht und gefunden."

Und dann kam der Moment des Abschieds. Yago musste wieder aufs Meer und verabschiedete sich rasch von Ella und eh sie nochmals mit ihm reden konnte, war der Kutter am Horizont verschwunden – ohne, eine Kontaktadresse zu hinterlassen.

Lotta und Mara fingen Ella auf, als sie traurig ins Hotel zurückkehrte und mit Tränen in den Augen sagte: "Ich werde vermutlich Yago nie wieder sehen, ich habe keinen Namen, keine Adresse und keine Telefonnummer von ihm. Er umarmte mich, gab mir einen zögerlichen Kuss auf die Wange und weg war er."

Die Ferien endeten schliesslich und Yago war nicht wieder aufgetaucht.

Ella kehrte schweren Herzens zurück in die Schweiz. In ihr zerbrach die Hoffnung auf ein Wiedersehen und sie konnte nicht glauben, dass die Geschichte mit Yago, kaum hatte sie begonnen, schon zu Ende sein sollte.

Ella fiel – sie fiel in ein tiefes Loch und nur viele Gespräche mit ihrer Tante Marianne und Lotta halfen, sie zu motivieren jeweils am Morgen aufzustehen.

Mit viel Überwindung kehrte sie nach ihrer Lehre zurück ins Hotel – und nichts war mehr, wie es vorher war.

Das ungewohnte Verhalten von Ella fiel auch den Mitarbeiterinnen und Mitarbeiter auf.

Die sonst so zuverlässige, motivierte und freundliche Ella war nicht wiederzuerkennen und glänzte mit vielen Absenzen und ungewohnten Fehlern bei der Arbeit.

14. KAPITEL

Krisen sind da, um überwunden zu werden

Es ist meinen Mitmenschen gegenüber nicht fair, dass ich in den letzten Monaten dermassen schlecht gelaunt war, denkt Ella, als sie eines Abends alleine zu Hause ist.

Sie war schwer verliebt und trotzdem enttäuscht, sich nicht richtig von Yago verabschieden zu können und sie nicht weiss, ob sie ihn überhaupt jemals wieder sehen wird.

Es fühlte sich so an, als würde ihr jemand das Herz zur Brust herausreissen und weil dies schmerzt und sie viel Kraft kostet, fehlt ihr die Energie, sich ihren Mitmenschen von ihrer sonst so freundlichen Seite zu zeigen.

Mit etwas Abstand und ihrer Fähigkeit, sich selbst reflektieren zu können, findet sie selbst, dass es an der Zeit ist, sich aus dieser negativen Spirale zu befreien.

Nur, wie gelingt dies am besten?

Intensive Gespräche mit Lotta haben schon richtig gutgetan. Sie hat sie motiviert, optimistisch in die Zukunft zu schauen und mit dem bevorstehenden Jobwechsel würden ihr neue Impulse gegeben, muntert Lotta ihre Freundin auf.

Da schon beim Abschluss ihrer Ausbildung klar war, dass Ella nach einem halben Jahr weiterzieht, steht der Abschied von ihrem Lehrbetrieb kurz bevor.

Mit etwas Selbstüberwindung hat sie es geschafft, einen versöhnlichen Abschluss für beide Seiten zu finden und ihr wurden ihre schlechte Laune und die nicht optimalen Arbeitsresultate der letzten Monate rasch verziehen.

Nach wenigen Wochen hat Ella selbst gemerkt, wie ihr Verhalten überhaupt nicht zu ihr passt und es war ein bewusster Entscheid, aus diesem Loch herauszufinden. Noch konnte sie ihr Verhalten selbst steuern. Sie war weit weg von einer krankheitsbedingten Krise.

Trotzdem ist die Erkenntnis erschreckend, wie schnell es passieren kann und die eigene Welt plötzlich Kopf steht.

Ella hat während dieser Wochen auch festgestellt, wie überfordert ihr Umfeld auf ihre Stimmungsschwankungen reagiert hat und nicht damit umgehen konnte, weil sie dieses Verhalten von ihr nicht gewohnt sind.

Ella wäre aber nicht Ella, wenn sie nicht einen Weg gefunden hätte, aus ihrem Tief zu finden. Obwohl noch so jung, hilft ihre Reife, Resilienz und ihr frohes Gemüt, auch am Tiefpunkt einen Lichtblick zu erkennen.

Sie hat gelernt, wie umzugehen, wenn sie am liebsten den ganzen Tag im Bett liegen geblieben wäre und hat aufgehört, sich deswegen zu verurteilen, sondern darauf zu vertrauen, besseren Tagen entgegenzusehen.

Sie führte mehrmals harte Diskussionen mit ihrer inneren Stimme, die sie verführen wollte, einfach alles "schleifen" zu lassen.

Grad in diesen Momenten vertraut sie auf das, was sie im Religionsunterricht gelernt hat und ihr immer wieder Zuversicht schenkt: Ihr war auch in den dunkelsten Momenten bewusst, dass sie nie alleine ist und sie nie tiefer fallen kann, als in Gottes Hände.

Für diese Erkenntnis war Ella dankbar und sie schöpfte daraus immer wieder Kraft und Zuversicht.

❦

Mit grosser Vorfreude, viel Elan und ihrer zurückgewonnenen fröhlichen Stimmung, gelang es ihr, an ihrem neuen Arbeitsort zu erscheinen.

Sie freute sich auf die Veränderung und man nahm sie in Empfang, als gehörte sie längst dazu. Da waren die drei Frauen im Team, die alle vom Alter her ihre Mutter hätten sein können. Sie waren voller Tatendrang, ansteckender Lebensfreude und alle arbeiteten fleissig, zuverlässig und sie fragte sich, was ihre Kolleginnen jeweils damit meinten, wenn sie über die älteren Mitarbeiterinnen schimpften, weil die angeblich langsam und schwer von Begriff seien. All dies kann Ella im Falle ihrer Kolleginnen definitiv nicht bestätigen. Schnell wachsen sie noch mehr zusammen und brillieren als Team.

Unterdessen konnte Ella auch ihren Liebeskummer etwas loslassen, obschon Yago jeden Tag in ihren Gedanken präsent ist. Sie hat jetzt schon mit Lotta und Mara vereinbart, nächsten Sommer wieder zusammen nach Denia zu verreisen, um Yago aufzusuchen.

Insgeheim malt sie sich manchmal aus, wie es sein könnte, wenn sie eines Tages nach Denia auswandern würde. Könnte sie das überhaupt? Ach was, dazu muss sie sich jetzt noch nicht zu fest den Kopf zerbrechen.

Ob Yago auch noch an sie denkt, oder ob sie für ihn einfach einer von vielen Flirts gewesen ist? Ella freut sich jedenfalls auf den kommenden Sommer und hofft auf ein versöhnliches Wiedersehen mit Yago.

Schon im Seedamm Plaza Hotel tat sich Ella schwer, wenn jemand die Stelle gekündigt hat und sie sich von einer ihr vertrauten Person verabschieden musste.

Sie kann es darum kaum fassen, als ausgerechnet ihre Lieblingsmitarbeiterin eines Morgens dem Team eröffnet, dass sie nach Lausanne zu ihrem Partner umziehen werde. Auch die anderen im Team waren geschockt, wenn auch nicht überrascht. So eine grosse Distanz macht längerfristig einfach keine Freude, zumal die Tochter ihrer Kollegin in Genf arbeitet und sie auch wieder näher bei ihr ist.

Nachdem ihre Kollegin das Unternehmen verlassen hat, freut sich Ella trotzdem auf die Nachfolgerin. Sie darf dieser Person anfänglich als "Gotte" zur Verfügung stehen und Ella möchte es besonders gut machen und richtet den Arbeitsplatz liebevoll ein und schmückt ihn mit schönen Blumen, einer Karte und einem persönlichen, kleinen Präsent.

Und dann öffnet sich die Türe und eine Person steht ihr gegenüber, welche ihr auf den ersten Blick äusserst unsympathisch ist. Die neue Mitarbeiterin wirkte demotiviert und unfreundlich, die weder den hübsch hergerichteten Arbeitsplatz würdigte, noch die anderen Mitarbeitenden freundlich grüsste.

Ella, völlig überrumpelt von dieser überraschenden Begegnung, musste zuerst einen Kaffee holen und sich etwas sammeln.

Eine andere Person aus dem Team erschien ebenfalls in der Cafeteria und Ella getraute sich kaum auszusprechen, was sie dachte und fühlte. Darum verkniff sie sich jeglichen Kommentar, sie wollte nicht diejenige sein, die sich negativ über ihre neue Kameradin auslässt – vermutlich ging es ihrer Kollegin ähnlich.

Das ist sie nun also – die Cousine des Chefs, hurra. Sobald der Chef den Raum betritt, ändert die neue Kollegin ihren Gesichtsausdruck auf freundlich und zuvorkommend. Es sah so aus, als hätte ihr Gesicht einen On/Off Schalter – so etwas hat Ella an einem Menschen noch nie gesehen und sie fand das Spiel, das die neue Kollegin spielte, perfide.

Innerhalb von wenigen Wochen hat sich die Stimmung in diesem Hotelbetrieb um 180° gedreht und Ella befand sich erneut in einer Krise. Sie konnte einfach nicht verstehen, wie eine Person ein gesamtes Team dermassen durcheinanderbringen kann.

Die Stimmung war am Nullpunkt angelangt und der Chef erkannte anfänglich den Ernst der Lage nicht und gab den anderen die Schuld, seine Cousine nicht im Team integrieren zu wollen.

Dennoch stand wenige Wochen später ein Coach vor dem Team und wollte ihnen weismachen, wie sie sich innerhalb eines Teams zu verhalten haben. Da platzte Ella's Kollegin, Melanie, der Kragen.

Melanie war mutig und schlau und sie war vor allem nicht gewillt, die indirekten Anschuldigungen an den Rest des Teams auf sich beruhen zu lassen und sprach aus, was alle anderen Teamkollegen nicht wagten auszusprechen.

Obwohl Ella ihrer Kollegin vollen Zuspruch gab, verhärtete sich das Klima weiter und Ella fragte sich einmal mehr, warum solche Konflikte überhaupt entstehen können.

Warum können nicht einfach alle Mitmenschen friedlich zusammen sein? Passieren solche Konflikte nur in Momenten, in welchen die Personen nicht bei sich sind und sich von ihrer Natur entfernen, oder vertragen sich einfach gewisse Charaktertypen nicht?

Ella spricht sich am Wochenende mit Lotta aus und Lotta ihrerseits probiert Ella zu motivieren, sich einfach in ihrer Natur zu zeigen und sich nicht zu fest von der anderen Person beeindrucken und schon gar nicht, schikanieren zu lassen.

Die Monate ziehen dahin und Ella kommt es so vor, als würde sie an der Rezeption oder im Büro wie auf einem Pulverfass sitzen – es könnte jederzeit zu einer Explosion führen. Melanie hat das Hotel inzwischen resigniert verlassen und Ella ist besorgt ab der Nachfolge von Melanie – was, wenn das wieder solch eine schwierige Person ist?

Schnell stellte sich heraus, wie sympathisch der neue Kollege war und sein Potenzial, bald Stellvertreter des Chefs zu werden, war offensichtlich.

Endlich kehrte etwas Ruhe ein. Der neue Mitarbeiter konnte mit dem Störenfried im Team recht gut umgehen und biederte sich die andere Person offensichtlich bei ihm an – so schenkte er ihr keine Beachtung.

Könnte man das Leben von Ella in wenigen Worten beschreiben, so sähe man einen Hamster im immer schneller drehenden Hamsterrad laufen und trotzdem mochte sie nicht an einen Stellenwechsel nachdenken – ihre Gedanken drehten sich vielmehr um die bevorstehenden Sommerferien.

෮〰෮

Lotta und Mara waren auch wieder mit dabei – sie werden Yago suchen gehen und hoffen auf ein paar entspannte und sonnige Wochen.

Sie haben Ella versprochen, sich zurückzuziehen, falls sie mit Yago allein sein wollte. Ella mochte sich noch gar nicht auf die Ferien freuen, weil sie nicht so recht wusste, wie sie sich Yago gegenüber verhalten soll.

Vielleicht nimmt er dieses Jahr gar keine Notiz von ihr – wären dann die Ferien gleich gelaufen für sie? War sie überhaupt in ihn verliebt oder was war es, was sie jeden Tag von Yago träumen liess? Jedenfalls fühlte es sich so an, wie sie sich Liebe vorstellte.

Das Gefühl Yago gegenüber war tiefer und verbindlicher, als sie es ihrer ersten Liebe Léon gegenüber fühlte – oder vergisst man das intensive Gefühl des Verliebtseins von verflossenen Beziehungen und meint bei jeder neuen Bekanntschaft, dass diese Liebe stärker als die Letzte war – und handelt es sich hier um eine Täuschung oder will man sich einfach vom Kummer der letzten Beziehung verabschieden oder abwenden?

෮〰෮

Kaum in Denia angekommen, fallen sich Yago und Ella in die Arme und die zwei schönsten Wochen für Ella folgen.

Yago ist überglücklich, seine Schweizer Freundin endlich wiederzutreffen, denn auch er hat sie schmerzlichst vermisst. Muss Liebe schön sein, denken Mara und Lotta und mögen ihrer Freundin das Glück von Herzen gönnen. Sieht man die beiden zusammen, kann man sich kein schöneres Paar vorstellen – so gegensätzlich sie auch aussehen, so nimmt man sie trotzdem als "Eins" wahr.

◦~◦

Nicht schon wieder!

Ella kehrt in gleich betrübter Stimmung wie letztes Jahr retour in die Schweiz und sie kann es nicht fassen, ihren Freund nun wieder für einige Monate nicht sehen zu können.

Es ist für sie kaum vorstellbar, ein Jahr ohne ihn leben zu müssen, ihr Alltag macht für sie keinen Sinn und arbeiten bedeutet für sie nur, ihren Lebensunterhalt zu verdienen – genau das möchte sie aber eigentlich nicht.

Sie darf nicht wieder in die Lethargie des letzten Jahres verfallen, das fühlte sich entgegen ihrer Natur an und trotzdem konnte sie nichts gegen die anbahnende Trägheit in ihrem Alltag ausrichten – sie liess alles zu und hoffte, den richtigen Ausstieg aus diesem Dilemma zu erwischen und vertraute darauf, dass sie auf ihre Stimme hören kann und solange innerlich niemand mit ihr sprach, widersprach sie auch nicht und gab sich der Passivität hin.

Während dieser Zeit standen ihr vor allem Marianne und Paul zur Seite und ihnen gelang es immer mal wieder, Ella zu motivieren, etwas mit ihnen zu unternehmen oder im Garten mitzuhelfen. Häufig schafften sie es, wenn auch nicht für lange, denn sobald sich die Möglichkeit ergab, kehrte Ella zurück in ihre Einliegerwohnung und verdunkelte die Räume und wollte alleine sein.

Ihre Besuche in Bern bei ihren Eltern waren in dieser Zeit ebenfalls selten – ihrer Mutter kam das gerade recht und Vater Urs nahm es sich nicht, und kam einmal im Monat von Bern nach Wollerau, um nach seinem Mädchen zu schauen.

Mara war in ihrem Beruf voll eingespannt und hatte unterdessen auch einen Freund, der in ihrer Nähe wohnte – der Kontakt zwischen ihnen war über Monate praktisch inexistent.

Lotta lernte am Wochenende für die Matur und hatte auch nicht so viel Zeit, sich mit Ella zu treffen. Die beiden Freundinnen vereinbarten aber, jeden Abend miteinander zu telefonieren.

Lotta wollte nahe an Ella dranbleiben und ihnen tat gut, die Stimme der anderen zu hören. Nicht selten gelang es Lotta, Ella zum Lachen zu bringen und in diesen hellen Momenten, sagte Ella selbst: "Ich bin so doof, ich weiss, ich möchte gar nicht, dass das Leben so an mir vorbeizieht, aber solange ich nicht weiss, ob das mit Yago Zukunft hat, lebe ich von Juli zu Juli, bis ich ihn wieder sehe.

Lotta, aber ich werde vermutlich nicht bis zum nächsten Juli durchhalten, vielleicht werde ich schon im Frühjahr nach Denia reisen – auch wenn ich alleine fahren muss. Mich zerreisst es und so macht mir mein Alltag einfach keine Freude."

Und dann verreist Ella im Mai alleine, aber sie kommt nicht alleine retour in die Schweiz. In ihrem Bauch wächst Leben – nur kann sie die Überraschung nicht mit Yago teilen – ihr fehlen immer noch seine Anschrift und eine Handynummer besitzt er nicht.

Wir begegnen Ella wieder zu Beginn einer weiter sich anbahnenden Krise.

Unterdessen seit etwas mehr als sechs Jahren ist sie Mutter von Jan und meistert die Aufgabe als alleinerziehende Mutter hervorragend. Mit viel Liebe, Hingabe und Freude lebt sie ein harmonisches Familienleben mit ihrem kleinen Sohn.

Zum Glück stehen ihnen weiterhin Tante Marianne und Onkel Paul mit Rat und Tat zur Seite. Ohne die beiden würde sich ihr Alltag wesentlich schwieriger gestalten.

Ella probiert immer wieder aus den schönen Seiten ihres Lebens Kraft zu schöpfen und kann zeitweise die dunklen Schatten in ihrem Leben etwas in den Hintergrund verdrängen.

In weniger guten Tagen geraten diese Schattenseiten plötzlich wieder in den Vordergrund und ihr wird bewusst, wie schwierig sich die Beziehung zu ihrer Mutter immer noch anfühlt. Seit Ella selbst Mutter ist, kann sie es noch viel weniger verstehen, warum sich das Verhältnis dermassen verhärtet präsentiert.

Die Mutter von Ella ist auch nach über sechs Jahren seit der Geburt von Jan der Auffassung, Ella sei viel zu früh Mutter geworden. Warum erkennt Katja nicht, was für eine tolle Mutter Ella doch ist?

Und daneben kämpft sie gegen den Schmerz, Yago nicht an ihrer und Jan's Seite zu wissen – warum nur, hat er sich nicht gefreut, als sie ihm endlich mitteilen konnte, dass er Vater geworden ist?

Weiter schwierig sind die Konstellationen im geschäftlichen Kontext. Sie versteht es einfach nicht, warum man sich in einem Unternehmen das Leben teils so schwer macht. Dass man nicht in der Lage ist, an einem Strick zu ziehen, die Extrameile für den Arbeitgeber zu gehen und zu erkennen, dass Arbeit keine Strafe, sondern ein Privileg ist?

Es kommt vor, dass sich Ella, die sonst nur so sprüht vor Elan und Energie, ausgelaugt fühlt und bevor sie in eine weitere Sinneskrise stürzt, entscheidet sie in Absprache mit Lotta, sich eine Auszeit zu gönnen und auf eine mehrtägige Wanderung von Wollerau nach Chur zu gehen.

15. KAPITEL

Unterwegs mit mir (Teil 1)

16. Juli

Endlich ist es soweit! Ich habe unruhig geschlafen, zu aufgeregt bin ich! Heute packe ich meinen Rucksack und laufe einfach los – in Richtung Berge, die mir schon immer das Gefühl von Heimat vermittelt haben.

Lotta ist gestern Abend in Wollerau angekommen und wird mehrere Wochen mit Jan verbringen, während ich mich auf meine Reise begebe. Ich werde mich von meiner Tagesform leiten lassen, werde Platz für Reflexion zulassen, werde Mut für die Zukunft tanken und vor allem im "Hier und Jetzt" verbringen. Jeden Schritt geniessen, ist die Devise. Die Zeit ist reif dazu. Es gibt einiges zu entwirren, damit ich zu meiner alten Stärke finde, soviel steht fest.

Ich stehe auf und rieche schon den feinen Kaffee aus der Küche. Lotta ist bereits wach und steht mit einer Tasse Kaffee auf dem Sitzplatz. Ich beobachte sie und es wird mir einmal mehr bewusst, was für eine tolle Freundin ich an meiner Seite haben darf.

Sie ist taff, wie früher als Mädchen – und sie ist sich unglaublich treu geblieben. Aus dem Mädchen mit den gelben Gummistiefeln ist eine herangehende Psychologin geworden, die sich wohl irgendwann in die Sportpsychologie vertiefen wird. Die, die eine Künstlerin am Ball ist, so wie ihre Mutter eine Künstlerin beim Malen und ihr Vater überhaupt ein Lebenskünstler ist.

Lotta hat immer noch das spitzbübische Gesicht, die unglaubliche Ausstrahlung und sie kommt auch ohne jegliche Schminke aus und fällt trotzdem auf, wenn sie den Raum betritt.

Wie ich sie doch tief im Herzen gern habe – und sie war es auch, die mich animiert hat, diese Reise anzutreten. Sie kennt mich gut genug und hat einmal mehr zur richtigen Zeit erkannt, wenn ich mich von mir entferne. Von ihr kann ich Ratschläge besser annehmen, als von meiner Mutter – irgendwie stehen wir nicht in einem familiären Abhängigkeitsverhältnis, sondern sind aus freien Stücken in Freundschaft miteinander verbunden.

Jan freut sich ebenfalls, ein paar Wochen mit seiner Gotte zu verbringen und dann sind ja immer noch Paul und Marianne da. Es wird den beiden also an nichts mangeln.

"Guten Morgen meine Liebe", begrüsst mich Lotta und gibt mir einen Kuss auf die Wange. "Schau das schöne Wetter, das dich heute begleiten wird, es wird voraussichtlich ordentlich warm werden, aber das magst du ja."

Wir trinken zusammen den Kaffee fertig und stehen eine Weile stumm nebeneinander, beide barfuss im feuchten und kühlen Gras. Ob wir einmal mehr an das Gleiche denken? Mir kommen gerade so viele Erlebnisse mit Lotta in den Sinn – wie ein Film ziehen die Sequenzen vorbei: Kindheit in Bern, Mittagessen draussen an der Feuerstelle, Lebenskunde bei Werner und Tina, Fussballmatches, Träne trocknen meiner ersten zerbrochenen Liebe und dann unsere gemeinsamen Ferien in Denia mit der schicksalshaften Begegnung mit Yago und später auch die uneigennützige Unterstützung nach der Geburt von Jan…

Über sechs Jahre liegt das Ereignis der Geburt von Jan nun schon zurück. Ich kann mir ein Leben ohne Jan und Lotta schlicht nicht vorstellen.

Jan ist die Liebe meines Lebens. Ob überhaupt jemals ein anderer Mann mein Herz erfüllen kann, weiss ich nicht. Mein Sohn erinnert mich täglich an Yago. Das Unwissen, wie es Yago geht, macht mich manchmal fast krank und ich werde mich auf meiner Reise auch diesem Thema ehrlich stellen müssen.

Bin ich teils dermassen neben mir, weil ich Yago immer noch liebe? Weil ich ihm nicht zeigen kann, was für einen wunderbaren Sohn er hat? Oder bin ich einfach verletzt, dass er nichts von uns wissen will?

Ich werde mir bewusst, dass meine Reise bis nach Chur vielleicht nicht ausreicht, all meinen Fragen nachgehen zu können. Ob ich auf jede Frage eine Antwort bekomme, erwarte ich schon gar nicht.

"Komm Lotta, machen wir es kurz. Ich laufe los, bevor die grosse Hitze kommt. Jan habe ich soeben Tschüss gesagt, er ist nochmals eingeschlafen. Lass dich umarmen – wir hören uns. Nochmals vielen Dank und wenn was ist, ruf mich an." Eine feste Umarmung später, löse ich mich von Lotta und verabschiede mich noch von Marianne und Paul und dann breche ich auf. Ich bin derart bereit, endlich diese Reise anzutreten, frei nach dem Motto: "Unterwegs mit mir."

Wenige Stunden später sitze ich auf der Terrasse des Hotels in Schmerikon. Den Zürichsee, resp. den Obersee, habe ich immer noch an meiner Seite. Aber schon nur der Perspektivenwechsel dieses heutigen Tages hatte es in sich.

Frisch geduscht lässt es sich prima diesen ersten Tag Revue passieren. Obwohl noch kaum gestartet, hinterfrage ich mich das erste Mal, ob diese ganze Wanderei nicht einfach eine "saublöde" Idee ist und ich eigentlich nach Hause zu meinem Sohn gehöre.

Noch könnte ich anrufen und wenige Minuten später würden mich Paul oder Marianne mit dem Auto abholen. Ich würde bereits heute Nacht wieder in meinem Bett schlafen und ich hätte einfach einen Tagesausflug gemacht.

Mich überkommt ein leichter Anflug von Panik, wenn ich mir ausmale, was für weitere schmerzhafte Erkenntnisse mir auf meinem Weg begegnen könnten – denn bereits am heutigen Tag ist mir schon etwas Wichtiges bewusst geworden. Bevor ich mich dieser Erkenntnis nochmals stelle, sitze ich am Terrassenrand und lasse meine Füsse in den warmen See halten, lasse mich von der Abendsonne streicheln und als würde sie mir zulächeln, merke ich, wie wohlig müde sich mein Körper anfühlt und ich schon nur wegen dieses angenehmen Müdigkeitsgefühls morgen weitermachen werde.

☙⚬❧

Was für ein leckeres Nachtessen mir heute serviert wurde – erstaunt stelle ich fest, wie es mir überhaupt nichts ausmacht, alleine am Tisch zu sitzen und zu essen.

Es gibt so viel zu beobachten und normalerweise bin ich diejenige, die in der Rolle der Gastgeberin auftrete. Auch dieser Wechsel der Position tut mal gut. Jetzt betrachte ich aus Sicht eines Gastes, die Leistung des Personals – und ertappe mich gerade selbst, wie ich mich bedienen lasse, ohne mir wirklich bewusst zu sein, wie sich die Gastgeberin heute fühlt.

Ich schaue sie darum bewusst länger an, als sie die neuen Gäste am Nebentisch begrüsst.

Mit der Professionalität, die man von ihr erwarten kann, gibt sie den neuen Gästen das gleiche Willkommensgefühl, wie sie es mir schon gegeben hat – und wie ich es selbst pflege, meinen Gästen zu geben.

Aber kaum ein Gast macht sich jemals Gedanken darüber, wie es der Gastgeberin geht. Ob sie Sorgen oder schlecht geschlafen oder, wie in meinem Fall, Jan wieder einmal nach seinen Wurzeln gefragt hat und ich ihm keine zufriedenstellende Antwort geben kann.

All dies interessiert nun mal den Gast nicht – er möchte wie ein König bedient werden und dafür zahlt er schliesslich. Aber gerade im Gastgewerbe ist es so schwierig, jeden Tag das Sonntagsgesicht zu zeigen. Ich entscheide darum, mich jeden Tag auch darauf zu achten, wie mir die Gastgeber an meinem Tagesziel begegnen in der Erwartung, dass ich auch daraus für mich neue Erkenntnisse ziehen kann – alles im Wissen und der

Überzeugung darüber, im Gastgewerbe genau am richtigen Ort zu sein – nur weiss ich aktuell nicht, ob erneut ein Stellenwechsel ansteht.

Nach dem Essen entscheide ich mich für einen Abendspaziergang. Was habe ich eigentlich heute alles erlebt?

᠗⌒᠗

Ich bin wie geplant in Wollerau losgelaufen in Richtung Feusisberg, um unterhalb des Etzels zurück an den See nach Lachen zu gelangen. Dem Ufer entlang ging die Reise weiter Richtung Flugplatz Wangen. Obwohl ich bereits Lust auf einen Kaffee verspürte, führte mich der Weg weiter in Richtung Golfplatz Nuolen.

Mir gefallen diese Grünflächen von Golfplätzen und ich bewundere die Spieler, wie sie geduldig ihre Bälle probieren einzulochen. Mal stehen sie ganz nah am Loch und nur ein Hauch eines Schlages sollte reichen, dass der Ball ins Loch rollt und manchmal müssen sie mit voller Wucht und trotzdem mit hoher Präzision den Ball viel weiter zum nächsten Loch katapultieren.

Wie kann man nur so geduldig und konzentriert sein und wie kann man überhaupt die Faszination Golfen für sich entdecken? Mir gefällt zwar das Drum herum, aber noch nie habe ich selbst die Lust verspürt, einen Golfschläger in die Hand zu nehmen. Meine Ungeduld würde mir wohl im Wege stehen und den Sinn, einen kleinen Ball in ein Loch zu versenken – erkenne ich schlicht nicht. Trotzdem beeindruckend, was die Golfspieler für Leistungen auf dem Golfplatz zeigen.

Ich stelle denn auch fest, dass mich heute die Golfspieler besonders inspirieren, denn schon mehr als eine Stunde stehe ich am Rand dieses Golfplatzes und beobachte fasziniert, wie die Bälle fliegen.

Getrieben von meinem grossen Durst, erreiche ich wenig später das Golfpark-Restaurant und gerne setze ich mich in den Schatten und bestelle ein Mineralwasser. Es tut richtig gut, das kühle Getränk zu trinken und durch die Kohlensäure prickelt es angenehm in meinem Hals.

Ein Blick auf mein Handy zeigt denn auch, dass mich noch niemand wirklich vermisst. Gut so.

Meine Aufmerksamkeit gilt aber sofort wieder den fliegenden Bällen und irgendwie stelle ich eine Parallele zum Leben fest: je höher, je schneller der Ball fliegt, desto härter und rasanter prallt er auf dem Boden auf. Wenn der Golfspieler aber sachte den Ball von sich weg stösst, ist der Aufprall langsamer und sanfter oder der Ball rollt nur dem Boden entlang.

Ich zahle und gehe weiter. Die Nachmittagssonne lässt mich das erste Mal richtig ins Schwitzen kommen und ich bin froh, die nächsten Kilometer im Buechberg verbringen zu können, dem bekannten und beliebten Bike- und Wanderwald in Richtung Tuggen. Wie schön kühl es in diesem satt grünen Wald doch ist.

Während des Laufens gehen mir die Beobachtungen auf dem Golfplatz nochmals durch den Kopf und ich kann für mich erkennen, dass der Charakter oder auch das Verhalten eines Menschen, mit dem Schlag eines Golfballs verglichen werden kann – vielleicht ein wenig ein gesuchter Vergleich, ich weiss.

Aber ist es nicht so, dass manche Personen auf der Überholspur leben, immer in Action, mit voller Power voraus? Diese Menschen riskieren doch viel eher, dass sie stürzen, aufprallen und sich wieder aufrappeln müssen. Sie sind meist richtige Energiebündel und verlieren wegen ihres Lebensstils, unterwegs wieder viel Energie. Und darum lässt sich ein solches Leben auch mit einem kraftvollen Golfschlag vergleichen. Je höher, je schneller ein Ball fliegt, desto grösser und intensiver der Aufprall auf dem Boden.

Mit einem Schmunzeln fällt mir meine Schwester Hanna ein. Müsste ich ihr Leben anhand eines Golfschlages beschreiben – so würden mir ausnahmslos feine Golfschläge kurz vor dem Einlochen in den Sinn kommen. Hauptsache, kein Risiko eingehen, sondern auf Nummer sicher gehen.

Und entgegengesetzt sieht es bei mir aus. Ich stelle mir die Frage, worauf es im Leben ankommt, respektive was überhaupt der Plan des Lebens vorsieht.

Hanna macht einen äusserst zufriedenen Eindruck und hatte ihr Leben bisher voll im Griff. Mit allem, was ihr begegnet, gibt sie sich zufrieden und kann annehmen, was das Leben für sie bereithält.

Betrachte ich das Leben meiner Schwester durch meine Brille, finde ich ihr Leben öde und langweilig. Betrachte ich es aber aus ihrer Sicht, gibt es nichts zu bemängeln.

Geht es schlussendlich im Leben nicht einfach und einzig darum, dass man zufrieden und glücklich ist, und zwar mit dem, was man hat und selbst beeinflussen kann?

Ist der Sinn des Lebens, dass man seine Natur annimmt und danach lebt, oder doch eher, dass man sich weiterentwickelt, wie das aktuell einem vorgelebt wird mit dem Überangebot an Coachings, Kursen und Büchern?

Manchmal erschreckt es mich, wenn ich beobachte, wie viele "suchende Menschen" mir begegnen – auf der Suche nach sich selbst oder auf der Suche nach der Erfüllung ihres Lebens.

Warum ist das so und wieso strebt man immer nach mehr oder nach etwas, was unerreichbar scheint? Finden wir nicht Erfüllung in unserem Leben, wenn wir einfach annehmen, was vor uns liegt? Und wären wir glücklicher, wenn wir aufhören würden, uns ständig mit anderen Personen zu vergleichen und wir unsere Einzigartigkeit annehmen und danach leben?

Wir werden doch mit einer perfekten DNA geboren und vieles ist in den Genen vorgegeben und vorbestimmt.

Darf ein Kind in einem Umfeld gross werden, in welchem die Eltern diese Einzigartigkeit erkennen, dann darf sich dieser Mensch entfalten, nach seinen Stärken, ohne hoffentlich je suchend durchs Leben gehen zu müssen.

Sobald aber ein Kind einem Bild entsprechen muss, greifen wir gewissermassen in seine DNA ein und verursachen, dass sich diese Person von ihrem Ursprung entfernt. Ist das nicht so?

Zugegeben, es gibt unterwegs viele andere Einflüsse, die den Kern einer Person verändern und sich diese Person später in einer Sinneskrise befinden kann. Und mir sind diese Sinneskrisen ja bestens bekannt, nur habe ich mit den

Jahren erkannt, was ich machen muss, damit sie mich nicht dominieren.

Ich kann von meinem Leben wirklich nicht behaupten, dass alles rund gelaufen ist. Immer wieder stellten sich Hürden in den Weg, die ich bestmöglich beseitigt habe. Dank meines fröhlichen Charakters und meiner grossen Widerstandsfähigkeit liess ich mich trotz einigen Abstürzen, nie komplett gehen. Ich kenne meinen Kern meiner Natur und ich lasse nicht zu, dass mir dieser Kern gänzlich abhandenkommt.

Ich erkenne heute auch, warum meine Aufschläge am Boden so hart waren: Mir fehlte eine liebende Mutter, die mich mit meiner fröhlichen und unbeschwerten Art annehmen konnte. Es gelang mir einfach nicht, sie mit meiner überschäumenden Freude anzustecken. Sie war nur auf ihre Karriere bedacht, auf den guten Ruf und einen hohen Status in der Gesellschaft.

Meine Mutter stoppte mich in meiner Euphorie und liess mich viele Male wie einen Golfball, der mit voller Wucht in die Luft geschlagen wurde, auf den Boden fallen. Sie konnte mich weder trösten noch aufmuntern. Wäre da nicht mein Vater in diese Lücke gesprungen, wüsste ich nicht, wie es mir heute ginge. Für mich nach wie vor unverständlich, dass mein Verhältnis zu meiner Mutter dermassen schwierig ist.

Mein Vater ist und war der Fels in der Brandung. Er begegnete mir immer mit Liebe und dank ihm habe ich auch die Schulzeit, die ebenfalls schwierig war, so heil überstanden.

Mein Vater hat mich gespürt, er hat meine Talente erkannt und liess sie mich ausleben, auch wenn er selbst wohl nicht wirklich ein grosser Fan von Ballett war. Er liess mich springen, hüpfen und Freude verbreiten. Er war stolz, dass ich die Quartierbande so reizend und fröhlich angeführt habe und er schmolz dahin, wenn er Rückmeldung aus dem Blindenheim erhalten hat, wie liebevoll ich den Blinden Geschichten erzählt habe.

Er hat mich meiner Natur entsprechend "gross" werden lassen.

Wie dankbar bin ich, dass ich so einen tollen Vater an meiner Seite haben darf. Es schmerzt umso mehr, dass ich nicht das Gleiche von meiner Mutter sagen kann. Mir wird bewusst, dass ich wohl auf dieser Reise meine Beziehung zu ihr endgültig näher betrachten muss – ich komme nicht mehr drumherum.

⟡

Feierabend, ich ziehe mich in mein Hotelzimmer zurück und schreibe Lotta, dass der erste Tag intensiv, aber schön war und ich zwar schon vor Heimweh sterbe, aber fest davon überzeugt bin, morgen weiterzugehen.

Der Anfang ist gemacht und es gibt nun kein Zurück mehr – mindestens bis ich in der Altstadt von Chur angekommen bin.

Bevor ich einschlafe, falte ich meine Hände und bete: "Herr, ich danke dir für die Schönheit der Natur, die ich auf meiner Wanderung erleben durfte. Für die frische Luft, die grünen Wälder und die weiten Ausblicke. Danke, dass ich gesund und sicher unterwegs sein durfte. Segne mich weiterhin auf meinem Weg und lass mich deine Schöpfung stets achten und bewahren. Amen."

17. Juli

Ich habe tief und fest geschlafen. Ohne Wecker bin ich erwacht, begleitet von leichtem Muskelkater, aber voller Vorfreude auf meine zweite Etappe. Selten habe ich ein so reichhaltiges Frühstück geniessen dürfen und der Tag verspricht viel Inspiration und Platz für Gedanken und vielleicht sogar ein paar neue Erkenntnisse in einigen meiner Lebensthemen.

Ich lasse mich überraschen – der Rucksack ist fertig gepackt und soeben habe ich beim Hotel ausgecheckt und ich laufe los. Heute möchte ich von Schmerikon bis nach Weesen laufen und in einem Hotel am Walensee übernachten. Noch habe ich kein Zimmer reserviert und ich vertraue einfach darauf, dass schon ein freies Bett für mich zu finden sein wird.

Ich verkneife es, zu Hause anzurufen und laufe motiviert los. Bei der Grynau treffe ich zum Linthkanal und wandere durch diese wunderschöne Ebene – immer im Blick meine geliebten Berge. Selten habe ich die Linth so türkisfarben gesehen und das satte grün der Wiesen und Pflanzen rundherum sind Beweis genug, wie viel es in den letzten Wochen geregnet hat. Schlicht beeindruckend, unsere Natur!

Schon nach wenigen Minuten bin ich komplett im "Hier und Jetzt" angekommen und spüre, wie frei mein Kopf und Geist bereits ist.

Unglaublich, dabei ist es erst mein zweiter Wandertag. Mein Alltag liegt gefühlt ewig weit weg und das ist gut so.

Kaum beginne ich mich an diesen Zustand zu gewöhnen, erreicht mich ein Anruf auf meinem Handy. Der Festnetzanschluss meiner Eltern wird auf dem Display angezeigt und meine innere Stimme sagt mir: *Ella, nimm diesen Anruf entgegen – er wird einen Teil deines Lebens positiv verändern.* "Hallo", sage ich halb singend. Erwartet habe ich meinen Vater, nach einer zu langen Pause, meldet sich aber meine Mutter am anderen Ende und ich merke, dass etwas vorgefallen sein muss.

Ihre Stimme hat weder die gewohnte Schärfe noch die gewohnte Lautstärke, sondern eine für mich unbekannte Milde und Ruhe. "Was gibt's?" frage ich völlig überrumpelt und in der Annahme, dass etwas Schwerwiegendes passiert sein muss. "Wir müssen reden, Ella", sagt meine Mutter leise und liebevoll. "Über uns und unsere Beziehung", ergänzt sie.

Komplett überfordert, sofort zu antworten, stammle ich ein "Ja, können wir machen." Meine Antwort kommt zögerlich, weil ich den Zeitpunkt ihres Anrufes unpassend finde. Erst vor wenigen Minuten habe ich mir zugestanden, dass ich vollkommen bei mir bin und nun dieser Anruf. "Mami, ich bin auf meiner Reise, können wir das Gespräch verschieben, bis ich zurück bin?" "Nein", ihre rasche Antwort – ihr "Nein" tönt aber mehr nach einem Hilfeschrei, als nach einem Befehl. "Ella, ich würde gerne eine Etappe mit dir laufen, ich kann mir vorstellen, dass es sich so viel besser reden lässt.

Ich hatte gestern einen entscheidenden Termin bei meinem Therapeuten und wir haben den Knoten in meinem Leben gelöst. Da ist generell viel passiert in den letzten Monaten. Ich habe die ganze Nacht wach gelegen, weil mir so viele Erkenntnisse geschenkt wurden, die ich unbedingt mit dir teilen möchte. Mir ist so vieles klar geworden und ich möchte keine Zeit mehr verlieren, sondern ich schulde dir und Jan ganz viele Erklärungen.

Ich habe zu viele Jahre verloren mit euch und es ist höchste Zeit, dass wir uns näher kommen können. Ich denke, ich habe meine Lektion mehr als verstanden und jetzt, wo du dich auf deinem Weg befindest, halte ich es für wichtig, dass du meine Geschichte kennst, denn ich trage wohl einen grossen Teil davon mit, dass du einige Hürden in deinem Leben meistern musstest." Neugierig, ratlos und hoffnungsvoll, willige ich auf ein Treffen ein.

Wir einigen uns, dass mich meine Mutter morgens mindestens auf einer Etappe wandernd begleiten wird. Nachdem ich ihr mitgeteilt habe, wo ich kommende Nacht verbringen werde, hat sie eine passende Bahnverbindung herausgesucht und eine ideale Verbindung von Bern nach Weesen gefunden. Wir vereinbaren, dass sie schon kurz nach 9.00 Uhr in Weesen eintrifft und wir mit einem gemeinsamen Kaffee starten und nachher loslaufen.

Nach dem Telefongespräch mit meiner Mutter bin ich verwirrt und der freie Kopf von vorher ist verflogen. Es folgen viele Erinnerungen aus der Kindheit, meiner Jugend und auch heute frage ich mich, warum ich so eine schwierige Beziehung zu meiner Mutter habe.

Sie hat recht: Sie ist ein Teil davon, warum ich mir diese Auszeit nehmen musste. Im Unterschied zu meinem Vater, der mich einfach annehmen konnte, wie ich bin, spürte ich zwischen meiner Mutter und mir immer eine Distanz. Es war offensichtlich, wie sie sich Hanna näher fühlte. Ich war auf Hanna aber nie eifersüchtig, dafür habe ich sie viel zu gerne und ich bewundere es, wie sie elegant durch ihr Leben geht. Da sind keine Dramen, da sind keine Ausrutscher – es herrscht einfach Ordnung und Harmonie.

Ich mache mir intensive Gedanken darüber, was mir meine Mutter wohl erzählen wird und irgendwie freue ich mich auf den morgigen Tag. Es kann sein, dass mich die Begegnung mit ihr auch auf meinem Weg in Richtung Chur weiterbringt und ich dadurch auch einige Themen in meinem Lebenslauf entwirren kann.

Mir ist bewusst, dass meine Mutter eine prägende Person in meinem Leben ist – auch wenn die Beziehung zwischen uns seit jeher belastet ist – ich konnte es nie verstehen, warum mich meine Mutter nicht so annehmen konnte, wie ich nun mal bin.

Der Tag ist auch heute wieder heiss und meinen Mittagshalt mache ich bereits in Benken in einem Restaurant. Dieses kenne ich aus einem Besuch anlässlich einer Familienfeier mit Tante Marianne. Wobei Mittagessen übertrieben ist – ich nehme einen Salat und ein Sandwich zu mir. Viel mehr habe ich Durst und trinke einen Liter Wasser und fülle meine Trinkflasche für unterwegs auf.

Bevor am Mittag der Ansturm losgeht, bin ich schon wieder in der heissen Mittagssonne in Richtung Weesen unterwegs. Ohne lange zu überlegen, greife ich zum Handy.

"Hallo Lotta, alles gut bei euch?", frage ich sie. "Ja, super. Jan, Marianne und ich sind daran, die Badesachen zu packen. Wir gehen ins Strandbad Stampf nach Jona, das solltest du von früher auch noch kennen." "Ja klar kenne ich das, mega schön, das wird Jan gefallen. Wir waren mal dort, da war er noch ein Baby und ich konnte mit ihm nur ins Babybecken gehen."

Nach einer kurzen Pause ergänze ich: "Lotta, morgen kommt meine Mutter und wird mich auf der 3. Etappe von Weesen nach Flums begleiten. Sie hat mich dringend um ein Gespräch gebeten und ich bin aufgeregt und neugierig – Lotta, ich kann mir vorstellen, dass das ganz etwas Besonderes wird. Wie lange hoffe ich darauf, dass mich meine Mutter annehmen kann und wir uns endlich näher kommen können? Wie viele Jahre buhle ich um ihre Gunst? Interpretiere ich das heutige Telefongespräch mit ihr richtig, ist der Zeitpunkt für eine Annäherung reif und ich werde ihr Platz geben, mir alles zu erzählen.

Ich bin in der Hinsicht auf mein Tochter-Mutter-Verhältnis ein verletztes Kind, aber vielleicht bekomme ich morgens Antworten darauf, warum sie mich all die Jahre anders behandelte, wie Hanna." "Aww, das berührt mich sehr und ich weiss nicht, was ich dazu sagen soll", antwortet Lotta. "Ich drücke euch fest die Daumen, dass ihr euch auf Augenhöhe begegnen könnt und ihr einander Platz lässt, um auszudrücken, was es zu klären gibt." "Ich bin sehr aufgeregt und es gehen mir tausend Gedanken durch den Kopf. Wie lange habe ich mir erträumt, dass es mal eine Aussprache zwischen uns gibt. Aber sie war immer so unnahbar, distanziert, beschäftigt und abweisend zu mir, dass ich schon gar nicht mehr wagte, sie zu fragen, was sie dazu bewegt, mich zu behandeln, als wäre ich nicht ihre Tochter", ergänze ich.

"Weisst du, ich habe es immer bewundert, wie offen Tina und auch dein Vater dir und Jakob begegnet sind. Bei euch spürte ich nie eine Distanz und auch nicht, dass eines der Kinder den Erwartungen der Eltern nicht entspricht. Bei euch herrschte immer so viel Zuneigung und Wärme. All das konnte mir zum Glück wenigstens mein Vater geben und dafür bin ich ihm ewig dankbar. Aber es war auch immer mein grosser Wunsch, dass meine Mutter mich liebt und sie zum Ausdruck bringen kann, wie stolz sie auf mich ist. Komm, lass uns das Gespräch beenden, geht ihr ins Freibad, ich wollte dir nur berichten, was vorgefallen ist – ich musste es mit jemandem teilen und dass du das bist, ist ja klar. Geniesst den Nachmittag und drück meinen Kleinen."

Es tat so gut, kurz die Stimme von Lotta zu hören und um sicherzugehen, dass bei ihnen alles in bester Ordnung ist. Ich nehme die restlichen Kilometer bis nach Weesen unter meine Füsse, welche übrigens unterdessen brennen und ich kann es kaum erwarten, sie im Walensee etwas abzukühlen.

☙❧

Ein Einzelzimmer in einem Hotel direkt am See ist rasch gefunden und ich habe bis zum Nachtessen genügend Zeit, noch ein paar Stunden am See zu verbringen.

Ich liege auf meinem Badetuch in einer Wiese. Zum Glück habe ich einen Schattenplatz gefunden. Das Bad im See hat gutgetan und ich fühle mich nach dem Abtauchen im kühlen Nass wie neugeboren.

Ohne es zu wollen, falle ich rasch in einen tiefen, traumlosen Schlaf.

Später setze ich mich mit grossem Hunger im Hotel an einen Tisch auf der gut besetzten Terrasse und studiere die Speisekarte.

Am Tisch nebenan ist mir ein gut aussehender Mann aufgefallen, welcher auch alleine hier zu sein scheint. Unsere Blicke treffen sich mehrfach und insgeheim hoffe ich, mit ihm ins Gespräch zu kommen. Es gehört auf meiner Reise auch dazu, mir Gedanken über das Thema Männer zu machen. Meine paar kurzen Begegnungen mit Männern nach Yago verliefen nicht wirklich erfreulich. Aber ich musste auch erkennen, dass ich wohl Yago nie wiedersehen werde. Wie fest habe ich mir immer eine gut funktionierende Familie gewünscht – einfach eine ganz normale Familie. Nun bin ich aber seit über sechs Jahren mit Jan alleine und zugegeben, wir beide sind ein unschlagbares, tolles Duo. Die eigenen Kinder sind ja eh die Schönsten und Besten, aber bei Jan stimmts auch wirklich….

Er erinnert mich jeden Tag an meine grosse Liebe Yago. Auch wenn ich nie ein Foto aus seinen Kindheitstagen gesehen habe, so muss Yago so ausgesehen haben wie

Jan. Charakterlich erinnert mich mein Sohn aber auch fest an mich. Er ist auch eine Frohnatur, so unbeschwert und vor allem äusserst schlau, aufgeweckt und sein Körperbau lässt erahnen, dass er ein talentierter Sportler werden könnte.

Spielt er mit seiner Gotte Lotta Fussball, erkennt man sein Talent im Umgang mit dem Ball, sieht man ihn aber auf den Skiern, könnte man meinen, dass er schon in einem Nachwuchskader trainiert. Er selbst ist allerdings nur von einer einzigen Sportart fasziniert: dem Biken. Obwohl man im Kidsbike Club in der Nachbargemeinde erst ab acht Jahren mitfahren kann, darf Jan teilweise doch schon mitgehen. Nämlich immer dann, wenn der Leiter Patrick, Nachbar von Tante Marianne, ihn fragt.

Ich muss still vor mich hin lächeln, wenn ich mich daran erinnere, wie er nach einem Sturz mit Schürfungen nach Hause kam und zu mir sagte: "Macht nichts." Er war tapfer, als ich ihm die Wunden säuberte und am nächsten Tag ging er "stolz" mit Verband und Pflaster in den Kindergarten – ein echter Kerl eben.

"Ist bei Ihnen noch frei?", werde ich aus meinen Tagträumen geweckt. Der Mann von nebenan bietet sich an, das Nachtessen mit mir zu verbringen. Dem Dialekt nach, kommt er auch aus meiner Heimat Bern und es erstaunt mich, dass er wenig überrascht ist, dass auch ich Berndeutsch spreche. "Bitte schön", sage ich und lächle ihn an. Das ist genau das Richtige für mich. Heute Abend benötige ich etwas Gesellschaft und er scheint auf den ersten Blick sehr freundlich zu sein und warum nicht, sich unverbindlich und überraschend auf ein Gespräch mit einer fremden Person einlassen?

Viel gelacht, so viele Gemeinsamkeiten festgestellt und viele ähnliche Erfahrungen geteilt – das meine Gedanken, als ich mich nach dem Abendessen und dem Spaziergang mit Marc, in mein Einzelzimmer zurückziehe und mir die letzten Stunden nochmals durch den Kopf gehen lasse.

Was für ein Tag! Nie hätte ich gedacht, dass in so kurzer Zeit so viel Schönes passieren kann. Die anbahnende Versöhnung mit meiner Mutter wäre eigentlich Geschenk genug, dass mir aber spontan ein so toller Mann über den Weg läuft, hätte ich mir nicht erträumen lassen.

Wir haben uns ausgetauscht, ungezwungen und schnell stellen wir fest, dass wir gemeinsame Bekannte haben – na ja, Bern ist und bleibt eben ein grosses Dorf – und auf dem Spaziergang gesteht mir Marc, dass er mich von einer Sommerparty her kennt. Er gesteht mir auch, dass es ihm fast den Atem verschlagen habe, als er mich alleine am Tisch sitzen sah, weil er mich sofort erkannte. Darum war er auch nicht überrascht, als ich ihn am Tisch in Berndeutsch begrüsste, vielmehr bestätigte es ihm, dass es sich tatsächlich um mich handeln muss.

Ich mag mich zwar an die Sommerparty vor acht Jahren erinnern, aber zu diesem Zeitpunkt hatte ich nur Yago im Kopf und Herz und war immun gegen andere buhlende Männer, zumal er mich dazumal nicht angesprochen hat, sondern mich einfach aus der Ferne im Auge behielt.

Marc befindet sich auf der Durchreise an eine Weiterbildung nach Chur – und er wollte am Morgen nicht so früh von zu Hause losfahren, also ist er bereits heute bis hierhin gereist – Zufall?

Ich habe keine Ahnung, was diese Begegnung bedeuten soll. Das spielt für mich auch keine Rolle, ich genoss diesen schönen Abend und der Austausch mit Marc hat einfach gutgetan.

Ich habe ihm viel von meiner Lebensgeschichte erzählt und auch, dass morgens meine Mutter mit mir nach Flums wandern und dies wohl eine emotionale Etappe wird.

Als er realisierte, wer meine Eltern sind, war er baff. Meinen Vater kennt er natürlich aus dem Bundeshaus und angeblich hat meine Mutter seine Eltern bei der Scheidung gemeinsam vertreten. Sein Vater habe immer gesagt: die schönste Anwältin weit und breit – und die Erfolgreichste. Dem Vernehmen nach fanden Marc's Eltern, mit der Begleitung durch meine Mutter, einen guten Weg, um auseinanderzugehen.

18. Juli

Das Morgenessen nehme ich mit Marc ein und wir verabschieden uns in der Absicht, in Kontakt zu bleiben. Wir tauschen unsere Nummern aus und lassen es offen, ob wir uns sogar schon in Chur wieder treffen werden. Er weilt bis am Freitag dort und bis dahin sollte ich mein Ziel ebenfalls erreicht haben. Mit etwas Herzklopfen umarmen wir uns und wünschen uns einen schönen Tag. Er drückt mich nochmals fest an sich und wünscht mir nur das Beste für die besondere Tagesetappe mit meiner Mutter.

Etwas nervös stehe ich kurz nach 9.00 Uhr an der Bushaltestelle, bei welcher meine Mutter auszusteigen plant. Fast vier Monate haben wir uns nicht gesehen, und als sie aus dem Bus steigt, habe ich sie fast nicht erkannt.

Sie kam legere gekleidet, fast ungeschminkt und etwas fülliger, als ich sie in Erinnerung hatte, auf mich zu und schon bei der sehr herzlichen Umarmung spürte ich, wie sich meine Anspannung löste.

Wann genau hat mich meine Mutter das letzte Mal so herzlich umarmt? Wenn wir uns besucht haben, war sie meist mit etwas beschäftigt und es reichte knapp für einen flüchtigen Kuss auf die Wange. Nun aber löst sie sich aus der Umarmung und schaut mir direkt und lange in meine Augen.

Was für eine Ausstrahlung sie doch hat. Wie schön sie auch heute noch aussieht und wie warm ihr Ausdruck ist, wenn sie lächelt. Es ist nichts von ihrer Unnahbarkeit zu spüren. Es scheint, als hätte sie eine Maske abgelegt und ich freute mich sehr, sie so anzutreffen.

"Mein liebes Mädchen, ich freue mich auf unseren gemeinsamen Tag. Ich bin voller Zuversicht, dass wir beide heute Abend um viele Erkenntnisse reicher sind und ich hoffe darauf, dass sich nachher zwischen uns einiges ändern wird. Wie viel Unrecht habe ich dir in den letzten Jahren getan. Dafür gibt es eigentlich keine Entschuldigung!"

Ich nehme ihre Hand in meine und drücke sie und sage: "Schon gut, lass uns gemeinsam loslaufen."

Ich meine, einen Schimmer von Tränen in den Augen meiner Mutter zu erkennen. Schnell zieht sie ihre Sonnenbrille an, mit welcher sie aussieht, als wäre sie eine italienische Schauspielerin – einfach eine ohne Allüren – ganz eine neue Seite erkenne ich jetzt schon an ihr. Ich bin gespannt.

Zuerst trinken wir den Kaffee, unterhalten uns über die geplante Strecke und ein paar Floskeln später laufen wir los und meine Mutter beginnt zu erzählen....

16. KAPITEL

Mami's Seelenheil

"Martin hat mit mir zusammen studiert und wir waren gemeinsam in einer Lerngruppe. Für die Semesterprüfungen sind wir jeweils mit dieser Lerngruppe verreist. Entweder ins Ferienhaus der Eltern von Martin nach Ascona oder nach Adelboden in eine Hütte von Eltern einer anderen Studentin.

Ich war längst mit Papi zusammen, und trotzdem war eine Anziehung zwischen Martin und mir spürbar. Wir wurden häufig auch als Paar angesehen, weil wir optisch einfach gut zusammengepasst hätten. Ich weiss auch, dass Martin in mich verliebt war. In einer dieser Lernwochen hat er mir seine Gefühle gestanden und weil auch ich ihn toll fand, aber deinen Vater liebte und ihn nicht hintergehen wollte, habe ich ihm gesagt, dass ich diese Gefühle nicht erwidern könne.

Martin war nicht nur optisch ein Mann zum Anbeissen, sondern war auch charakterlich einfach ein feiner Mensch. Nie hat er mich bedrängt, sondern unsere Freundschaft wurde trotz seines Geständnisses noch vertrauter.

Nach dem Studium pflegten wir kaum Kontakt. Er hat mit einem anderen Studienkollegen recht rasch eine eigene Anwaltskanzlei gegründet, allerdings in Zürich. Bei unregelmässigen Treffen der ehemaligen Studenten sind wir uns jeweils über den Weg gelaufen und haben uns ausgetauscht. Er weiss, dass ich Urs geheiratet habe und wir eine Familie gegründet haben. Selbstverständlich hat er auch mitbekommen, dass ich mir unterdessen einen Namen als Anwältin gemacht habe. Er selbst war ebenfalls verheiratet und lebte mit seiner Familie in Küsnacht am Zürichsee.

Und ja, er sieht immer noch umwerfend aus und die nie mehr angesprochene Anziehung zwischen uns blieb bestehen – auch wenn wir wussten, wie damit umzugehen ist.

Vor ungefähr drei Jahren habe ich erfahren, dass seine Ehe in die Brüche ging und er zurück nach Bern kam. Unweigerlich würden wir uns als Gegenparteien vor Gericht begegnen, soviel stand fest. Und vor diesem Moment graute mir.

Der Fall kam und es war ausgerechnet einer der anspruchsvollsten Fälle meiner Karriere!

In einer ersten Phase hatte die Seite des Beklagten eine andere anwaltschaftliche Vertretung. Im Verlauf des Verfahrens wurde der Anwalt gewechselt und als ich erfahren habe, dass ausgerechnet in diesem heiklen Fall Dr. iur. RA Martin Hohler neuer Vertreter wird, hatte ich einen Moment rechten Bammel. Meinem Naturell entsprechend, habe ich darauf reagiert: Ich habe mich regelrecht in die Lösungsfindung und Vertretung meines Klienten verkrallt und habe meine Verteidigungsstrategie akribisch auf bestehenden Rechtsgrundlagen und auf früheren Entscheiden aufgebaut.

Mehrere Ordner umfasste das Dossier und es kostete mich sehr viel Kraft, den Prozess durchzustehen. Ich kam an die Grenzen meiner Leistungsfähigkeit, aber in mir spürte ich eine Kampfeslust, die mich über Jahre begleitete und mich wohl auch zu einer solch erfolgreichen Anwältin gemacht hat.

Mein Antrieb war, den Fall zu gewinnen und in erster Linie, Martin einmal mehr zu imponieren und auch zu bestätigen, was mein Vater immer von mir verlangte: voller Einsatz und nur der Sieg zählte.

Es kam der Tag der Verhandlung. Ich schminkte mich dezent und zog eines meiner Lieblingskleider an und stand vor dem Spiegel und fand mich hübsch. Ich küsste Papi zum Abschied und verfolgte im Gericht die Absicht, Martin heute besonders beeindrucken zu wollen.

Auf dem Weg ins Gericht fragte ich mich, warum ich mir das alles eigentlich seit Jahren antue.

Es ging in diesem Fall vor allem darum, Martin fachlich, also juristisch zu überwältigen, um ihm zu zeigen, was ich als Anwältin drauf habe. Und mir ging es einzig darum, den Prozess zu gewinnen. Ich kann dir nicht sagen, warum ich dermassen getrieben war, immer siegen zu wollen, zeigen zu wollen, wie gut ich als Anwältin bin.

Mir gab das eine grosse Genugtuung, aber immer nur für eine ganz kurze Zeit. Sobald der Fall abgeschlossen war, die Zeitungen nicht mehr darüber berichteten, unser Bankkonto überfüllt war, kam die grosse Leere.

Aber sobald der nächste Fall anstand, ging das Spiel wieder von vorn los. Gewinnen, der Gegenseite keine Chance lassen, triumphieren – als wäre ich eine Spitzensportlerin – ja genau so, kam ich mir jahrelang vor."

❦

"Die Verhandlung begann. Nach der Eröffnung durch die Vorsitzende bekam ich das Wort und lief zur Hochform auf. Ich verlas meine Klageschrift und merkte, dass ich nervös, aber trotzdem überzeugend wirkte. Es war ganz ruhig im Saal und die Aufmerksamkeit gehörte nur mir. Den Blick von Martin nahm ich wahr, er wirkte ganz ruhig und liess mich nicht aus seinem Blickfeld.

Ich musste häufig von ihm wegsehen, weil ich befürchtete, plötzlich den Faden zu verlieren. Wenn ich meinen Worten selbst zuhörte, so war ich sowas von siegessicher. Das befriedigende Gefühl, wenn einem ein grosser Wurf gelungen ist, erfüllte mich und irgendwie hatte ich Mitleid mit Martin, dass ich ihn und seine Partei dermassen auseinandernahm und mit meinen Argumenten an die Wand "klatschte".

Martin blieb weiter ruhig und seine Augen waren so liebevoll auf mich gerichtet, dass ich gegen Ende meiner Ausführungen doch einen Atemzug stockte. Was für ein wunderschöner Mann dieser Martin doch ist. Ich selbst war am Ende meiner Kräfte und war froh, sitzen zu dürfen, als ich mit meinen Ausführungen fertig war.

Es gab eine kurze Pause, ich trank etwas Wasser und Martin ging wortlos mit seinem Klienten an mir vorbei. Unsere Blicke trafen sich und ich spürte weder Feindseligkeit noch Angriffslust, sondern seitens von ihm kam mir viel Zuneigung entgegen.

Mich packte ein schlechtes Gewissen, weil ich in diesem Augenblick erkannte, dass ich diesmal vielleicht etwas zu weit gegangen bin und dies nur, um Martin beeindrucken zu wollen und ihm zu zeigen, dass auch wir in Bern die grossen Fälle zu stemmen haben."

"Martin stand auf und wartete einen Moment, bis er mit seiner ruhigen, tiefen und festen Stimme sein Plädoyer hielt. Zutiefst beeindruckte er mich, mit was für Worten er seine Rede hielt. Kurze, klare Sätze mit prägnanten Aussagen. Er übertrieb nichts, schweifte nicht aus und machte uns als Gegenpartei nicht runter, sondern hob die Argumente seines Klienten sachlich heraus und trug Vergleiche aus ähnlichen Fällen souverän hervor.

Trotzdem war ich überzeugt, dass wir den Fall gewinnen werden. Mit keiner Sekunde zweifelte ich daran, nicht als Sieger vom Feld zu gehen. Im Nachhinein muss ich gestehen, war ich wie in einem Film, gefesselt von meinem Gegenüber und verblüfft über die Ruhe, die Martin ausstrahlte, während er redete.

Die Urteilsverkündigung wurde gleichentags auf den späten Nachmittag gesetzt. Bis dahin zogen sich die Parteien zurück und ich in meiner unglaublichen Überzeugung, nein Arroganz, verabschiedete mich von meinem Klienten und gab ihm zu verstehen, dass die Richter schon auf unserer Seite stünden. Etwas anderes als einen Sieg konnte ich mir zu diesem Zeitpunkt nicht vorstellen.

Und dann kam der Paukenschlag, respektive der Richterspruch: Wir haben den Prozess verloren und erst als die Richter ihre Argumente vorbrachten, erkannte ich, wie ich mich komplett in diesem Fall verrannt habe und ihn viel zu einseitig beleuchtete und entsprechend meine Verteidigung komplett falsch aufbaute. Meine Strategie fiel wie ein Kartenhaus zusammen und für mich war klar, dass auch ein Weiterzug nichts brachte.

Ich habe versagt – auf der ganzen Linie – ausgerechnet gegen Martin – ausgerechnet ihn wollte ich mit meinen sonst so gefürchteten Argumentationen bodigen.

Ich fühlte mich die Minuten nach der Urteilsverkündigung wie ein kleines Mädchen, das vom Lehrer eine Standpauke erhielt. Ich sah mich als kleines Mädchen, das mit ihrem ersten Schulzeugnis nach Hause kam und vom Vater zu hören bekam, dass ich mit diesen Noten nie ein Studium machen könne und ich sah mich als kleines Mädchen, das sich weinend unter die Bettdecke verkroch, weil es dachte, nichts wert zu sein.

Irgendwie habe ich es fertiggebracht, meine Unterlagen in meine Mappe zu stecken und mich noch kurz mit meinem Klienten auszutauschen. Dieser war natürlich alles andere als glücklich über den Ausgang des Prozesses. Das Urteil war insgesamt vertretbar milde und er hat sich damit abgefunden.

Es gab noch ein kurzer förmlicher Handschlag mit Martin. Dabei flüsterte er mir zu: "Wir hören uns." Was er damit meinte, wusste ich in diesem Moment noch nicht. Ich wollte nur so rasch wie möglich nach Hause, in den sicheren Hafen zu Urs.

Wie immer war er für mich da, wenn mich etwas bedrückte und ohne auf die Details einzugehen, habe ich ihm vom Ausgang dieses Falles erzählt und er hat mich in die Arme genommen und gesagt: "Schon gut, alles ist in Ordnung. Du kannst nicht jeden Fall gewinnen." Lange sind wir so auf der Lounge gesessen und ich war deinem Vater einmal mehr dankbar für seine Liebe – auch wenn ich mal nicht performte."

"Wenige Tage später hat mich Martin angerufen. Er wünschte ein Nachtessen – unter Freunden und nicht in der Rolle als Anwälte. Ich zögerte – und sagte schliesslich zu. Papi war informiert über dieses Treffen und obwohl er wusste, dass zwischen uns eine spezielle Energie fliesst, hat er mich bekräftigt, mich mit Martin auszutauschen. Auch dafür bin ich ihm ewig dankbar, denn Martin war der Schlüssel zu meiner seelischen Genesung. Ob Urs das instinktiv spürte?

Ich betrat das Restaurant und Martin sass bereits am Tisch. Unser Platz war zum Glück wie in einer Nische; man konnte gut reden, ohne dass der Nachbartisch alles mitbekam.

Dieses Treffen fand Ende Mai statt. Es war ein schöner und lauer Abend. Spontan entschieden wir uns, den Apéro draussen einzunehmen und rückblickend war das gut so. Die Stimmung zwischen uns war gelöst und ideal, um in ein Gespräch zu finden. Martin schaute mich mit seinen wunderschönen, blauen Augen an.

Er trug Bluejeans und ein Poloshirt und sah damit genauso unwiderstehlich aus, wie wenn er einen Anzug trägt. Für sein Alter hat er eine Topfigur, trainiert vielseitig Ausdauer- und Kraftsport und seine wenigen grauen Strähnen in seinen dunklen kurz geschnittenen Haaren lassen ihn wie George Clooney aussehen. Warum hat ihn wohl seine Frau verlassen? Egal, anderes Thema.

Wir gingen wieder zurück ins Restaurant und setzten uns. Ich verspürte neben Martin keinen grossen Hunger und bestellte darum nur einen Salatteller mit Poulet.

Mit einem Glas Weisswein stossen wir an. Martin lächelt mich an und berührt mich im Herzen. Vor wenigen Tagen standen wir uns im Gericht als Gegenparteien gegenüber und heute treffen wir uns als Freunde. Auch wenn ich vermutete, dass der Prozess wohl Thema sein würde, hoffte ich, dass wir nur fünf Minuten unseres abends darüber sprechen würden. Aber es kam alles ganz anders.

Martin hat mir mit viel Liebe, Güte und Würde gespiegelt, wie er mich als Verteidigerin während des Prozesses erlebt hat. Er zeichnete dabei ein Bild von einer Frau, die ich eigentlich gar nicht sein möchte – und genau das hat Martin auch so erkannt.

Zusammengefasst hat er gesagt: da steht eine optisch wunderschöne Person vor dir, hält eine hammermässige Anwaltsrede, wirkt dabei aber geradezu besessen und siegeshungrig. Es sei ihm so vorgekommen, als ginge es einzig darum, zu gewinnen, koste es, was es wolle. Er habe sich dann die vielen Stunden des gemeinsamen Studiums in Erinnerung gerufen und habe festgestellt, dass ich schon damals so unterwegs gewesen sei – ausser in den Lernwochen.

Er hat mir gestanden, dass er sich nicht im Hörsaal in mich verliebt habe, sondern in unserer ersten Lernwoche nach dem 1. Semester.

Er habe mich vorher als arrogante Kuh empfunden, die mit ihrer Schönheit kokettierte. Angeblich, und ich mag mich wirklich nicht mehr daran erinnern, sei ich in der Lernwoche aber sehr natürlich, fröhlich und aufgestellt gewesen, habe mich um genügend Erholungszeit bemüht, habe Vorschläge für Ausflüge präsentiert und sei einer Kollegin, welche dann schlussendlich rasch aus dem Studium flog, zur Seite gestanden und hätte ihr am Abend zusätzliche Nachhilfestunden gegeben.

An einem Abend, da mag ich mich erinnern, hatten wir es lustig und es artete fast ein wenig aus. Wir machten Spiele und es floss Alkohol – nicht viel, aber genügend, sodass ich lockerer wurde und meine aufgesetzte Maske etwas ablegen konnte. Martin sagte mir, ich hätte meine Schönheit und Ausstrahlung voll zum Ausdruck gebracht und er hätte mich an diesem Abend am liebsten sofort geheiratet. Ich sei in einem alten Trainingsanzug dagesessen, ungeschminkt, aber in bester Laune – weg von zu Hause halt.

Ich merkte, wie es mich beeindruckt, dass Martin diesen Abend noch so genau in Erinnerung hatte. In meinem Gedächtnis blieb, dass er mich bis vor meine Zimmertür begleitete und mich fest umarmte. Es fühlte sich so vertraut an und trotzdem wusste ich, dass ich alleine ins Zimmer gehen werde, weil ich dazumal schon zu fest in Urs verliebt war und ich diese Liebe nicht gefährden wollte.

Nun sitzen wir hier zusammen beim Nachtessen – Jahre vergingen und jeder ging seinen Weg – beruflich wie privat. Nicht nur das gemeinsame Studium verbindet uns, sondern jetzt auch der Prozess, welcher vor wenigen Tagen über die Bühne ging.

Wir sind unterdessen beim Dessert angelangt. Martin schaut mir direkt in die Augen und fragt: "Warum, warum bist du so?" – und ich weiss haargenau was er damit meint und sage, ohne ihm in die Augen schauen zu können: "Weil es so von mir verlangt wurde." Meine Augen brennen, als ich diese Worte sage und als Martin seine Hand auf meine legt, beginne ich an zu weinen. Martin nimmt mich daraufhin in seine Arme und probiert, mich zu beruhigen – vergebens. Ich löse mich aus der Umarmung, stehe auf und gehe nach draussen. Ich brauche dringend frische Luft, meine Beine mögen mich kaum tragen. Draussen setze ich mich auf die Sitzbank und merke, wie meine jahrelang aufgebaute Fassade endgültig abfiel und ich mich als kleines Mädchen wiederfinde. Mein lautes Schluchzen hallte in die Dunkelheit der Stadt Bern.

Es vergehen ein paar Minuten und genau zum richtigen Zeitpunkt kommt Martin nach draussen und fragt ruhig: "Ist es erlaubt?" Er setzt sich neben mich auf die Bank, legt seinen Arm um meine Schultern und wir sitzen zuerst stumm nebeneinander. "Das wollte ich nicht", sagt er schliesslich. Ich kehre mich zu ihm und sage: "Danke." "Danke, wofür?", fragt Martin perplex. "Du hast mich gnadenlos demaskiert und das ist höchste Zeit, dass dies passiert ist. Ich bin froh, dass du diese Aufgabe übernommen hast, als meinen langjährigen Freund – von dir kann ich es annehmen."

"Ella, es gab vorher schon zwei Situationen, in welchen ich umkehren wollte. Eine Situation liegt schon viele Jahre zurück. Das war anlässlich deiner Ballettaufführung, als du uns mit deinem Tanz verzaubert hast. Ich habe an diesem Abend deinen Papi beobachtet, wie er Carmelina angestrahlt hat und ich Angst hatte, dass zwischen ihnen beiden etwas läuft.

Ich habe mir vorgenommen, mich meiner Unzulänglichkeit zu stellen und ich hatte das Bedürfnis, dich näher an mich heranzulassen. Aber der Alltag überrollte alles wieder und ich ging weiter durch die Welt in der Annahme, die beste Anwältin zu sein und auch in der Annahme, dass sich die Situation zwischen dir und mir dann schon bessern würde.

Später hatte ich einen Zusammenbruch, als ich auf dem Perron in Bern auf Eliane wartete. Dank ihr konnte ich mich ein erstes Mal einer Drittperson öffnen und sie hat viel dazu beigetragen, dass ich erste Schritte unternahm und professionelle Hilfe in Anspruch nahm.

Aber der Versuch scheiterte rasch, weil ich mich bei meiner ersten Therapeutin nicht wohlfühlte.

Es ist unglaublich, wie lang man unterwegs sein kann im Wissen, dass man etwas ändern müsste. Aber sowohl die Familie wie die Freunde als auch das berufliche Umfeld machen einfach mit. Ich war mir meiner Wirkung bewusst und habe einfach so weitergemacht, weil mir ja mein Erfolg recht gab."

Wir brauchten einen Kaffeehalt – schnell ist ein geeignetes Lokal in Sicht und nun sitzen wir da, stumm und beide in eigenen Gedanken versunken.

"Heftig", unterbreche ich die Stille. Ich bedanke mich bei meiner Mutter für ihre Offenheit und Ehrlichkeit. Ich gehe davon aus, dass es sie grosse Überwindung gekostet hat, mir diese Geschichte zu erzählen. Und ich wusste, dass es sich hier erst um einen ersten Teil handelte, weil ich darin meine Rolle noch nicht erkennen konnte. Und es für mich noch nicht aufzeigte, warum wir uns deswegen näher kommen sollten.

Mich berührte ihre Geschichte dennoch sehr und ich war gespannt, was sie mir noch weiter erzählen wird. Ich stellte meiner Mutter noch einige Fragen und vor allem bot es sich an, etwas zu klären, was für mich seit Jahren offen war.

"Mami", fing ich an. "Was war das mit Carmelina, hatte Papi etwas mit ihr?" "Nein, mein Liebes", beruhigte sie mich. "Wir haben das vor einigen Monaten miteinander geklärt, als ich bereit war, die unausgesprochenen Themen endlich auf den Tisch zu bringen. Urs ist ein dermassen loyaler Ehemann und wie Hanna einfach unglaublich harmoniebedürftig. Nie haben wir uns über solche heiklen Themen ausgetauscht.

Es war einfach für uns beide klar, dass wir einander treu bleiben und obwohl er wie ich, Gelegenheiten genug gehabt haben, liessen wir uns nie in Versuchung bringen.

Es ist aber tatsächlich so, dass Carmelina deinem Vater gefallen hat und angeblich hätten sie sich einmal getroffen.

Als dich Papi eines abends vom Ballettunterricht abgeholt habe, sei Carmelina mit verweinten Augen an ihm vorbeigegangen und er habe sie angehalten und gefragt, ob er ihr helfen könne. Daraufhin hätten sie sich getroffen und sie habe ihm von ihren finanziellen Schwierigkeiten erzählt und dass der Vermieter des Tanzlokals die Miete erhöhen wolle und sie das unmöglich zahlen könne. Zudem schickte sie monatlich Geld in ihre Heimat und sie war so verzweifelt. Dein Vater hat ihr daraufhin Geld gegeben. Er hat dieses Geld, es ging um CHF 3'000, von seinem Konto bezahlt, aus der Erbschaft seiner Tante. Dieses Geld ist nie in unser eheliches Vermögen geflossen und Urs wollte etwas Gutes tun und wollte kein Aufsehen darum machen.

Angeblich hätte Carmelina ihn dann aus Dankbarkeit geküsst – dieser Kuss habe sich aber falsch angefühlt, sodass er sich nachher nie mehr mit ihr getroffen habe.

Wenige Jahre später, du hast längst nicht mehr dort getanzt, habe Carmelina das Geld zurückbezahlt und damit ist die Geschichte zu Ende erzählt." "Ah, da fällt mir ein grosser Stein vom Herzen", antworte ich. "Weisst du,

Mami, ich war noch klein, aber ich habe diesen Kuss zufällig gesehen. All die Jahre wagte ich es nicht, das Thema anzusprechen, aber mir kam dieser Kuss auch nicht echt vor, darum konnte ich das Ereignis wohl recht gut wegstecken. Trotzdem beruhigt es mich zu wissen, dass da nie etwas Ernsthaftes war." Wir lachen beide. *Dann ist also dieses Thema auch geklärt,* denke ich erleichtert.

Wie schön es sich anfühlt, mit meiner Mutter so herzhaft lachen zu können, stelle ich wehmütig fest.

                      ❧

"Du wirst dich vermutlich fragen, was die Geschichte von Martin mit uns zu tun hat", beginnt mein Mami, als wir wieder weiterlaufen. "Stimmt", erwidere ich.

"Die Worte von Martin "warum bist du so" haben gereicht, dass sich mein Leben seither komplett verändert hat. Innert Hundertstel Sekunden wird dir vollkommen klar, dass das was du bist, gar nicht das ist, was du eigentlich sein möchtest, verstehst du das?" "Erzähl weiter", ermuntere ich meine Mutter.

                      ❧

"Martin begleitete mich nach unserem Essen nach Hause und ich bedankte mich immer wieder bei ihm, für seine Freundschaft. Ihm war es sichtlich nicht recht, was er bei mir auslöste – ich hingegen konnte ihm nicht genug Danke sagen, wobei mir auch bewusst wurde, dass der richtig schmerzhafte Teil erst noch folgen wird.

Papi schlief an diesem Abend bereits, als ich nach Hause kam und ich sass noch ein paar Augenblicke im Wohnzimmer und konnte nicht richtig fassen, was an diesem Abend geschehen ist – hat mich doch tatsächlich jemand "enttarnt" – ausgerechnet Martin. Vor diesem Mann, dem ich imponieren wollte, weil ich wusste, dass er auf mich steht.

Und trotzdem fühlte sich alles so stimmig an. Ich durfte vor Martin schwach sein, er hat mich mit grösster Fürsorge aufgefangen und hat mir meine Würde gelassen. Sinnbildlich habe ich mich nackt ausgezogen vor ihm, und mich dabei nicht geschämt. Das ist Vertrauen in höchstem Masse.

Ich möchte in dieser Nacht alleine sein und entscheide mich, ausnahmsweise auf dem Sofa zu schlafen. Papi steht frühmorgens auf und geht auf eine Wochenendreise mit Parteikollegen. Das passt gerade gut, finde ich. Ich brauche ein paar Tage, um mich aufzurappeln und das geht am besten, wenn ich alleine bin.

Ich habe am Samstagmorgen mit Eliane telefoniert. Wir tauschen uns immer noch regelmässig aus, die Treffen werden zwar etwas rarer, seit auch sie wieder mehr arbeitet.

Ihr habe ich von Martin schon einmal erzählt und sie staunt über meine Neuigkeiten und lässt nicht locker, indem sie mich ermuntert, nun endgültig Hilfe von aussen in Anspruch zu nehmen. Sie hat mir eine neue Adresse eines Therapeuten herausgesucht und schon der Besuch seiner Website lässt mich hoffen, dass dies die richtige Person ist, die mich bei der Auflösung meiner Muster unterstützen und begleiten kann.

Als Papi am Sonntag von seiner Reise zurückkehrt, sprudelt es nur so aus ihm heraus. Sie hätten wunderschöne neue Gebiete kennengelernt und die Pracht des Frühlings genossen und es freute mich, ihn so euphorisch zu erleben. Darum liess ich ihm Platz, sich zu äussern und ich nahm mich bewusst zurück und hörte ihm aufmerksam zu. Du kennst mich, normalerweise ist es umgekehrt.

Ich habe uns dann ein Nachtessen zubereitet und Papi vorgeschlagen, wieder einmal einen Wein zu öffnen. Während des Essens schaut er mich an, lächelt und fragt, warum ich so gut gelaunt sei und warum ich ihm jetzt so aufmerksam zugehört habe, ohne schon wieder an etwas Nächstes zu denken.

Und dann erzähle ich auch Papi, was sich am Freitagabend während des Nachtessens mit Martin zugetragen hat und mich übermannen erneut die Gefühle. Es ist unglaublich mit was für einer Liebe und Wärme mir auch Papi begegnet ist in diesem Moment. Ich schäme mich fast für die vielen Situationen, in welchen ich ihm meine kühle und abweisende Haltung gezeigt habe. Er hingegen hat nie aufgehört, mir seine Liebe zu zeigen.

Wir führten ein stundenlanges gut tuendes und offenes Gespräch und wir einigten uns, dass ich die nächsten Wochen und Monate beruflich kürzertrete und mich mehr um mich kümmere.

Das scheint mir ein wichtiger Zeitpunkt, denn mir machen auch die Wechseljahre zu schaffen und auch hier bin ich mit den hormonellen Schwankungen am Kämpfen und sehe einfach ein, dass Arbeiten nicht alles ist.

Und nun mein Liebes, du glaubst es kaum. Ich war nur wenige Male bei meinem Therapeuten und so viele Themen haben sich unterdessen in Luft aufgelöst.

Er sagt denn auch, dass diese Themen dermassen offensichtlich seien, dass es nicht viele Umwege brauchte, um den Knotenpunkt zu finden.

Schon als ich ihm von meiner Kindheit erzählte, wie ich aufgewachsen bin: der Vater Kinderarzt, strenge Person, auf Leistung getrimmt, hohe Anforderungen an sich und seine Mitmenschen, eher distanzierte Eltern, angesehene Familie im Dorf, auf guten Ruf bedacht und, und, und… erkannte ich selbst, was für Ballast mir in meinen Rucksack gepackt wurde, obwohl all die Themen nichts mit mir zu tun gehabt haben.

Das waren alles Anforderungen und Erwartungen seitens meiner Eltern, die sie meinen Geschwistern und mir übertragen haben. Erinnere ich mich an meine Kindheit, fallen mir so viele Erlebnisse ein, die dazu beigetragen haben, mir all meine ureigenen Charaktereigenschaften abzugewöhnen, damit ich dem Bild entspreche, das von mir erwartet wurde.

Nein, mein Vater hat mich nicht körperlich oder verbal misshandelt, aber er hat mich im Kern meiner Persönlichkeit in einer gewissen Hinsicht misshandelt, indem jedes Anzeichen von Freude, Unbeschwertheit und Lockerheit verboten wurde. Dadurch wurde ich abgehärtet und wusste schon als Jugendliche nicht mehr, wer ich bin.

Gute Schulnoten habe ich nach Hause gebracht, aber innerlich war ich abgestumpft und hoffte nur, all den Erwartungen an mich zu genügen.

Ich habe mir im Verlaufe der Jahre diese harte Schale als Schutzmauer aufgebaut, sodass niemand erkennen konnte, was für ein liebes und fröhliches Mädchen ich eigentlich gewesen wäre.

Ich litt darunter, keine Freundin gehabt zu haben und überall als arrogant wahrgenommen wurde. Wie viele Nächte habe ich durchgeweint und gehadert, dass ich meine Stärken nicht ausleben durfte, sondern gezwungen war, einem Bild zu entsprechen – was ich eigentlich gar nicht sein wollte.

Deswegen habe ich auch an der Beziehung zu Urs festgehalten und mich nicht gewagt, eine andere Beziehung einzugehen. Urs ist und war, nebst Hanna und dir, das Beste, was mir passieren konnte. Nie hätte ich ihn hintergehen können, zu gross war meine Liebe zu ihm und meine Angst, dass ich keinen anderen Mann finden würde, der mich so annehmen kann, wie ich bin.

Instinktiv hat Urs vermutlich meinen Kern erfasst und hat gehofft, dass ich meine harte Schale irgendwann ablege – Ella, ich bin daran, diese alte Schale definitiv loszulassen.

Es gibt nur noch eine Person, mit welcher ich über meinen Weg retour zu mir sprechen muss.

Dieser Person bin ich fast 30 Jahre mit viel Unrecht begegnet, obwohl sie mir eigentlich am ähnlichsten ist – und das bist du, meine liebste Ella.

Als ich kurz nach deiner Geburt bemerkte, wie du charakterlich anders als Hanna bist, habe ich unbewusst eine Mauer zwischen uns aufgebaut. Hanna war ein pflegeleichtes Baby und Kleinkind, das viel schlief und sich mit wenig zufrieden gab. Sie war leise und als sie grösser wurde, hat sie sich gut alleine beschäftigen können. Deine Schwester hat sich stundenlang hinter ihren Büchern verkrochen und war vom Typ her deinem Vater ähnlich. Hanna war für mich nie eine "Gefahr".

Du hingegen, warst das Ebenbild von mir. Kaum konntest du laufen und reden, habe ich gemerkt, dass du so ein lebendiges Kind bist, wie ich es war – du hast viel gelacht, warst laut und konstant in Bewegung. Du hattest die gleichen Flausen im Kopf wie ich und nur dank deines Vaters konntest du dich möglichst lange nach deiner Natur entwickeln. Ich hingegen, und glaube mir, Ella, das bin ich mir erst seit wenigen Tagen so richtig bewusst, habe dich von mir weggestossen, weil du mir zu ähnlich warst. Ich habe dich als Gefahr empfunden und noch schlimmer: Ich war neidisch und eifersüchtig auf dich, dass du dich frei nach deiner Natur bewegen konntest. Wir, vor allem Papi, hat dich nie gestoppt und gesagt, dass du dies oder das nicht machen darfst. Du hattest von ihm nie Druck, gute Leistungen zu erbringen und du durftest beruflich den Weg einschlagen, den du wolltest.

Habe ich unter den Einschränkungen in meiner Kindheit gelitten, habe ich selbst festgestellt, dass ich dir gegenüber nicht besser aufgetreten bin. Auch ich wollte dich in Bahnen lenken, denen du zum Glück entfliehen konntest.

Heute weiss ich, dass ich dich nicht annehmen konnte, weil du meinem exakten Spiegelbild entsprichst und ich es fast nicht aushielt, dass du deinen Bewegungsdrang ausleben durftest und Urs dich im Ballett gefördert hat. Ich könnte mich heute noch ohrfeigen, dass ich dir nicht mit Verständnis begegnet bin, vor allem als du in der Schule Mühe hattest, dich in dieses System einzufügen.

Mir wurde dazumal eingebläut, dass man vom ersten Schultag an immer lernen muss und schlechte Noten waren nicht erlaubt. Hätte dein Vater hier nicht eingegriffen, hätte ich dich viel mehr angetrieben und hätte nicht zugelassen, dass du eine Lehre als Rezeptionistin machst. Heute schäme ich mich, die gleichen Fehler gemacht zu haben, wie meine Eltern.

Nur konnte dank Urs jeweils rechtzeitig eingegriffen werden. Ich habe meine eigene Strategie entwickelt – und habe dich einfach von mir ferngehalten – das tut mir sehr leid, Ella. Ich war dir keine gute Mutter, das ist mir bewusst. Ich habe dies alles nicht mit böser Absicht getan, sondern war gefangen in meinem eigenen Korsett.

Mir ist vorgestern bei der letzten Sitzung beim Therapeuten wie Schuppen von den Augen gefallen, wie fest ich dir Unrecht getan habe und wie nahe du mir eigentlich stehst – du bist mein Ebenbild, einfach in blonder und jüngerer Ausführung. Du stehst mir von deiner Natur näher als Hanna und ich möchte keinen weiteren Tag verlieren, dich nicht in mein Herz zu lassen. Bis zu meinem Ableben soll ich dir eine unterstützende Mutter sein – dir und Jan.

Ich bin stolz auf dich, was du bisher in deinem Leben erreicht hast und ich bewundere dich und deine Liebe, die du Jan schenken kannst. Ich bin dankbar, dass du dich nicht wie ich von deinem Kern der Natur zu fest abgewendet hast und du dein Leben, trotz Hürden, so gut meisterst. Ich bewundere dich, wie optimistisch und positiv gestimmt du in deinem Beruf agierst und wie viel Liebe und Freude du deinem Sohn schenken kannst. Und ich wünsche dir, dass du dein Glück an der Seite eines Partners findest.

Ob das Yago oder ein anderer Mann ist – folge dem Impuls deines Herzschlags."

In wenigen Minuten erreichen wir Flums. Wir sind vollkommen erledigt, müde, aufgewühlt, aber auch glücklich. Unterwegs haben wir uns immer mal wieder umarmt, geweint, gelacht und es fühlte sich alles an, wie nach einem reinigenden Gewitter. Ähnlich wie das Gewitter, was sich vor uns aufbäumt. Vermutlich schaffen wir es vorher noch in ein Hotel.

Der Tag war so intensiv und schön, dass wir entschieden haben, dass mich meine Mutter noch eine Etappe begleitet, bevor sie mich wieder alleine lässt. Ich habe bis Chur so noch genügend Zeit, mir über das Erlebte Gedanken zu machen. Ganz, ganz entscheidende Themen haben sich nach dem heutigen Tag bereits aufgelöst und ich bin um so viele Erkenntnisse reicher. Dies konnte geschehen, weil meine Mutter den Mut hatte, in den Spiegel zu schauen. Oder weil Martin mutig genug war, meiner Mutter die Augen zu öffnen – das konnte nur geschehen, weil er meine Mutter gerne und trotzdem die nötige Distanz zu ihr und ihrem Leben hat.

Menschen aus dem näheren Umfeld wagen häufig nicht, jemandem ehrlich die Meinung zu sagen. Vor allem, wenn man feststellt, dass die betreffende Person ein Leben lebt, was ihr eigentlich gar nicht entspricht.

Ich habe während des Nachtessens im Hotel meine Mutter gefragt, ob sie, wenn sie nochmals wählen könnte, erneut Anwältin werden würde. Ihre spontane Reaktion: "Spinnst du? Äh, sorry, mein Liebes. Aber nein, würde ich nicht mehr, auch wenn wir mitunter dank meines Berufs nie wirtschaftliche Sorgen hatten. Aber weisst du, welche Person ich insgeheim immer bewunderte?" "Du hast jemanden bewundert?", frage ich überrascht. Aber noch mehr überrascht mich ihre Antwort. "Ja, du wirst es nicht glauben, aber das, was Tina auf die Beine stellte, das finde ich echt der Hammer. Sie hat vor 20 Jahren den Schritt in die Selbständigkeit gewagt. Sie hat ein Angebot auf die Beine gestellt, welches anfänglich niemand richtig verstanden hat. Yoga, Maltherapie, Töpfern – belächelt wurde sie, inklusive durch mich. Aber in den letzten Jahren habe ich viele Gespräche mit Tina und auch ihrem Mann geführt.

So einfach wie sie leben, so reich sind sie in ihren Herzen. Sie sind grosszügig und vertrauten in den Zeiten, als die Finanzen eng waren, darauf, dass es für das tägliche Brot reichen wird. Tina sagte mir mal: weisst du, wir haben gelernt zu beten: …. unser tägliches Brot gib uns heute...

Und wir verstehen das genau so: Wir brauchen nicht im Überfluss zu leben, sondern es soll immer genug vorhanden sein, damit wir alle genügend zu essen haben und das ging auf. Unsere Familie ist glücklich im Zusammensein und wir definieren uns nicht über Luxusgüter.

Manchmal schämte ich mich für all den Überfluss, in dem wir lebten, und insgeheim bewunderte ich die Familie von Lotta. Du hast sicher auch immer gespürt, dass ich Lotta gut mochte. Dass du sie bis heute als Freundin hast, freut mich besonders und ich hoffe, dass diese Freundschaft nie enden wird.

Um deine Frage abschliessend zu beantworten: Ich befinde mich in einem Wandel, nicht nur körperlich, sondern auch beruflich. Ich werde mich noch einmal neu ausrichten und die Übernahme meiner Kanzlei durch meine beiden Partner ist bereits in die Wege geleitet. Wenn ich etwas ändere, dann radikal. Ich kann dir nicht abschliessend sagen, was es konkret sein wird. Aber es wird etwas Sinnstiftendes werden. Ich schliesse nicht aus, dass ich eine Stiftung gründe und zusammen mit einem engagierten Stiftungsrat z.B. eine Art Spitex für Kinder aufziehe oder eine Tagesstruktur für Kinder mit erwerbstätigen Eltern. Es gibt so viele spannende Themen."

Katja zieht sich müde in ihr Hotelzimmer zurück. Sie ist erleichtert, dass Ella ihr so aufmerksam zugehört und ihr viel Verständnis entgegengebracht hat. Auf der anderen Seite ist sie froh, dass es ihr gelungen ist, alles so zu erzählen, wie es sich zugetragen hat – gespickt mit viel Reflexion und Selbstkritik. Dabei muss sie auch beachten, dass sie sich nicht mehr "Schuld" auflädt, als nötig. An ihr wurde auch viel Unrecht getan und leider kann sie die Themen mit ihren Eltern nicht mehr klären. Die Mutter ist längst gestorben und der Vater ist unterdessen schwer dement und lebt in seiner eigenen Welt.

Sie geht nochmals kurz auf den Balkon ihres Zimmers, atmet einige Mal tief durch und geht zu Bett. Sie löscht das Licht, wird ruhig und spricht: "Gott, ich danke dir für die Versöhnung mit meiner Tochter. Lass uns in Frieden und Harmonie leben und segne unsere Zukunft mit Liebe und Verständnis. Amen."

17. KAPITEL

Unterwegs mit mir (Teil 2)

19. Juli

Nach einer eher unruhigen Nacht wache ich frühmorgens auf und reibe mir die Augen. Nein, es handelt sich nicht um einen Traum. Ich war gestern tatsächlich mit meiner Mutter laufend unterwegs und ich habe noch nie so viel Zeit mit ihr alleine verbracht. Wie schön es war, dass wir die Chance bekommen haben, so viel Heilung unserer Herzen zu erfahren. Ich kann meine Mutter so gut verstehen und spüren und es ist fast unglaublich, wie ähnlich wir uns doch eigentlich sind. Es tut mir für mein Mami leid, dass sie so lange ihr wahres Ich verstecken musste hinter einer Fassade, die nach aussen zwar erfolgreich wirkte, sie innerlich aber einsam machte.

Ungläubig über das Erlebte schüttle ich den Kopf – war das gestern ein schöner Tag und ich hoffe, dass wir auch heute noch einen guten Austausch geniessen können. Das Gewitter ist vorüber und ein weiterer Sommertag steht uns bevor. Ich nehme eine Dusche, ziehe mich an, packe meinen Rucksack und vergesse fast, wieder einmal einen Blick auf mein Handy zu werfen. Insgeheim hoffte ich, von Marc eine Nachricht zu erhalten. Aber ausser einer allgemeinen Information in einem Gruppenchat ist keine Nachricht eingegangen. Egal, ich möchte den Kopf ohnehin für die heutige Etappe freihaben.

Mami kommt etwas später als ich an den Morgentisch, sie riecht so fein und trägt die Haare offen. So gefällt sie mir am besten. Ganz dezent geschminkt, in lockerer Kleidung und ihren offenen, wehenden Haaren. Sie gibt mir einen zärtlichen Kuss auf die Stirn und lächelt mich an.

Es ist ein befreites Lächeln, nicht ihr aufgesetztes, leicht gestresst wirkendes Lachen. Schon dies macht sie zu einer viel zugänglicheren Person. Ich hoffe so fest für sie, für uns und für ihre zukünftigen Geschäftspartner, dass sie ihre neu gewonnene Persönlichkeit behalten kann und sie sich immer an ihren fröhlichen Kern erinnert.

Wir besprechen rasch die heutige Route und laufen kurze Zeit später los. Wir haben uns auf eine knapp 10 km lange Etappe geeinigt und werden in Sargans das Mittagessen einnehmen. Mami wird anschliessend mit dem Zug retour nach Bern fahren. Für uns stimmt dieses Tagesprogramm perfekt.

"Wie hast du geschlafen?" fragt mich meine Mutter. Ich erzähle ihr, dass ich zwar unruhig geschlafen habe, aber heute Morgen entspannt und glücklich erwacht bin. Ich sei dankbar für den gestrigen Tag und hoffe, dass wir uns weiter annähern können. Erstaunlicherweise leicht kommen mir die Worte über die Lippen, die ich ihr längst mal mitteilen wollte.

Wir laufen los und anders als gestern redete ich zu Beginn des Tages. Ich kann ihr in einfachen, offenen und ehrlichen Sätzen meine Bewunderung über das Erreichte in ihrer Karriere zusprechen. Ich kann aber auch den Schmerz zum Ausdruck bringen, den ich jahrelang mit mir herumgetragen habe. Schon als kleines Mädchen habe ich mich gefragt, was ich noch alles machen müsse, damit sie mich sieht, wahrnimmt, lobt und unterstützt. Mir sei gestern klar geworden, dass sie mir das gar nicht geben konnte und ich empfände es als interessant, wie die menschlichen Verhaltensweisen wie Missverständnis, Missgunst und Neid schüren können – und dies sogar innerhalb der eigenen Familie. Ich sei berührt, aber auch empört gewesen, dass sie als kleines Mädchen ähnliche Charaktereigenschaften hatte und im Unterschied zu mir, sie aber von beiden Elternteile in ihrer eigenen Kraft gestoppt wurde und sie sich sehr früh anpassen, zurücknehmen und mit guten Leistungen auftrumpfen musste.

Ich stelle mir das sehr anstrengend vor und empfinde das erste Mal auch echtes Mitgefühl ihr gegenüber. Ich habe meine Mutter immer gestresst erlebt, ruhelos und immer schon der Zeit voraus. Dass dieses Verhalten seinen Ursprung in ihrem Elternhaus hat, ist mir so erst seit gestern bewusst und ich bin auch verärgert über meine Grosseltern, dass sie meine Mutter und wohl auch die anderen Kinder in solche Zwangsjacken steckten. Ich gebe meiner Mutter erneut zu verstehen, dass ich es sehr schätze, dass mir das erspart geblieben ist und ich zwar keine präsente Mutter hatte, dafür eine unglaubliche Nähe zu meinem Vater aufbauen konnte.

Sie lächelt etwas wehmütig und sagt: "Ich zahle einen hohen Preis dafür. So viele wichtige Jahre sind uns genommen worden. Du bist mit den Problemen zu Papi gegangen und ich war bei Entscheidungen immer eher die, die dich pushen wollte und die gleichen Fehler machte, wie meine eigenen Eltern. All das müssen wir nun ändern und ich bin bereit, meinen Teil dazu beizutragen." "Ich auch", sichere ich meiner Mutter zu.

Wir malen uns bereits die nächsten gemeinsamen Weihnachten aus − früher ein Spiessrutenlauf − aktuell ein Ereignis mit Vorfreude. Auch schliessen wir nicht aus, wieder gemeinsam Ferien zu machen − vielleicht sogar wieder einmal in Denia.

In Sargans ankommend und das Mittagessen geniessend, spricht meine Mutter noch das Thema Yago und Jan an. Ich erzähle ihr davon, dass Jan vermehrt nach seinem Vater frage und erzähle ihr von seinen Tränen, als er mich vor wenigen Wochen vor dem Einschlafen damit konfrontierte, dass im Kindergarten herumerzählt werde, dass ich nicht sein Mami sein könne. Es ist schon augenfällig, ich bin so blond und er das Ebenbild seines Vaters, mit tiefbraunen Augen und dunklen Haaren. Im Zuge dieser Tränen hat er mich mit Fragen über seinen Vater gelöchert und er findet es blöd, dass er ihn nicht kennt. Ich werde nicht darum herumkommen, ihm endlich mehr über seinen Vater zu erzählen. Ich werde mir auf meiner weiteren Reise zurechtlegen, wie viel ich ihm von Yago erzählen möchte. Jan soll ein gutes Bild seines Vaters vermittelt bekommen – anders kann ich gar nicht, weil ich Yago insgeheim immer noch liebe und hoffe, dass wir irgendwann wieder aufeinandertreffen können.

Weiter erzähle ich meinem Mami von der schönen Begegnung mit Marc und dass dieser Mann mein Herz etwas höher schlagen lasse. Ich bleibe aber realistisch genug, um zu wissen, dass vieles zusammen stimmen muss, bis ich mich wieder auf eine feste Beziehung einlasse.

Viel zu rasch ist der Moment gekommen – Mami fährt wieder zurück nach Bern. Vieles ist fortan anders und ich bin überzeugt, dass die Mauern zwischen uns endgültig zerfallen sind und wir uns inskünftig auf Augenhöhe und in einer reifen Tochter-Mutter Beziehung begegnen werden. Die Verabschiedung ist denn auch von einer bisher unbekannten Herzlichkeit geprägt und wie fest mich meine Mutter zum Abschied drückt, hätte ich mir vor wenigen Tagen noch nicht erträumen lassen.

Ich warte, bis sich der Zug in Bewegung setzt und wir winken uns, bis wir uns nicht mehr sehen…

Nun stehe ich da, wieder alleine auf mich gestellt. Aber etwas Entscheidendes ist anders: Ich habe mich mit meiner Mutter versöhnt – wie befreiend!

Wir haben uns einander gegenüber geöffnet, wir haben uns ausgesprochen, zugehört, nachgefragt und probiert, die andere Seite zu verstehen. Nie hätte ich gedacht, dass ein solches Gespräch mit meiner Mutter überhaupt möglich ist. Es grenzt für mich an ein Wunder, dass es ihr gelungen ist, den Weg zurück zu ihrer Natur zu gehen. Wie gross der Leidensdruck für einen Menschen doch sein kann und trotzdem ändert man von sich aus nichts, bis von aussen ein Ereignis herantritt und einen Prozess in Bewegung setzt.

Meine Hoffnung ist gross, dass uns noch genügend Zeit, also viele Jahre bleiben, um uns besser kennenzulernen und wir in Vertrauen aufeinander zugehen können. Es ist augenfällig: wenn wir beide so sein können, wie es die Natur vorgesehen hat, dann sind wir uns schon sehr ähnlich – und das ist gut so. Ab jetzt können wir einander annehmen und es ist erstaunlich, wie rasch und bedingungslos wir plötzlich miteinander umgehen können. Faszinierend für mich ist auch, mit wie wenig Sitzungen es dem Therapeuten gelungen ist, zu erkennen, wo die Knoten im Seelenleben meiner Mutter aufzulösen sind.

Ich nutze den Rest des Nachmittags für ein paar Einkäufe, finde rasch ein hübsches Zimmer in einem Hotel und setze mich auf die Terrasse und schreibe an meinem Tagebuch.

Vom vielen Laufen bin ich zwar müde und trotzdem fühle ich mich leicht wie ein Vogel im Wind. Ich kann es nicht anders beschreiben, aber es fühlt sich am ehesten so an, wie wenn man sagt: Mir ist ein Stein vom Herzen gefallen. Über all die Jahre empfand ich eine Enge, manchmal wie ein Klemmen unter der Brust – das alles ist einfach – weg. Als wäre mir eine schwere Last genommen worden und einen grossen Teil meiner Sorgen sind wie vom Wind weggeblasen worden. Ich spüre wieder die Unbeschwertheit und wäre ich noch Klein-Ella, wäre ich heute wieder hüpfend unterwegs – aber das gehört sich nicht für eine erwachsene Frau, oder?

Ich empfinde eine so grosse Freude, die ich gerne mit all meinen Liebsten teilen würde. Trotzdem halte ich an meiner Reise fest und bin überzeugt, dass auch die nächsten Tage wichtig sind, um alles verarbeiten zu können. Ich merke aber auch, wie sich meine Gedanken mehr um meine Zukunft drehen, als um die Aufarbeitung meiner Vergangenheit. Meine Lust ist gross, einen neuen Job zu finden und ich schliesse nicht aus, dass wir in den nächsten Monaten die Wohnung bei Marianne und Paul verlassen werden. Ich bin nun ein grosses Mädchen, gesegnet mit einem tollen Sohn und es ist an der Zeit, den letzten Schritt in die Eigenständigkeit zu wagen.

Die Entscheidung, so früh auszuziehen und bei Marianne und Paul zu leben, habe ich nie bereut. Wir fanden einen stimmigen Umgang im Zusammenleben. Sie standen mir nicht nur während meiner Ausbildung als Ersatzeltern zur Seite, sondern halfen mir auch viel, bei der Betreuung von Jan. Sie sind für ihn wie Grosseltern.

Ich lasse all diese Gedanken zu, verschliesse mich nicht vor all den Möglichkeiten, die sich mir bieten und möchte nur, dass all meine Entscheidungen für Jan stimmen. Er ist jetzt in einem Alter, wo ein Wohnortswechsel noch kein Drama ist.

Trotzdem werde ich mir Zeit lassen und nichts überstürzen. Ob ich sogar wieder nach Bern zurückkehre, in die Nähe meiner Eltern und Lotta? Nichts ist ausgeschlossen. Ich schliesse die Augen und stelle mir vor, wie meine Zukunft aussehen könnte. Immer wieder tauchen Bilder auf, in der Natur und in den Bergen.

Hunger, Hunger nach Leben, aber auch Hunger nach Nahrung. Ich geniesse ein gesundes Nachtessen und bin daran, die morgige Etappe zu planen.

Vor wenigen Minuten habe ich eine Nachricht von meiner Mutter erhalten. Sie sei gut zu Hause angekommen. Schön, dass sie sich bedankt für die gemeinsame Zeit und sie gesteht mir, dass sie praktisch die gesamte Reise vor Freude, Erleichterung und Reinigung ihres Herzens, geweint habe. Und es hätte ihr nichts ausgemacht, dass andere Reisende wohl beobachtet hätten, wie sie sich die Tränen trocknete, die unter ihrer Sonnenbrille heraus kullerten.

Es blieb heute Abend aber nicht bei der einzigen Nachricht, die ich erhalten habe. Marc hat sich gemeldet und er würde sich freuen, mich in Chur zu treffen. Er möchte wissen, wie es mir ergangen ist in den letzten Tagen und ob ich schon abschätzen könne, wann ich in Chur ankomme.

Was für eine schöne Idee von Marc. Ich spüre ein Kribbeln in mir und vielleicht ist ausnahmsweise nicht Lotta diejenige, die die aktuellsten News von meiner Seite mitbekommt, sondern Marc. Es fühlt sich stimmig an, das Erlebte zuerst einer Person anzuvertrauen, die mir (noch) nicht zu nahe steht.

Ich antworte ihm in ein paar wenigen Sätzen und teile ihm meine Pläne für morgen und für übermorgen mit. Denn dann möchte ich in Chur eintreffen. Nun kommt etwas Nervosität auf und es wäre toll, wenn ich Marc in Chur treffen könnte. Bis dahin möchte ich noch viele Stunden alleine sein, um weiter zur Ruhe zu kommen. Immerhin liegen noch knapp 30 km vor mir.

Kurz nach dem Abendessen habe ich mit Marc telefoniert und es ist mir erneut aufgefallen, was für eine angenehme Stimme er hat und mir imponiert seine umsichtige Wortwahl. Es fühlt sich alles sehr vertraut an, obwohl wir uns ja nicht wirklich kennen. Wir entscheiden, uns übermorgen am Abend in Chur zu treffen.

Eine riesige Müdigkeit überkommt mich und ich habe das grosse Bedürfnis, mich einen Moment hinzulegen. Ich schlummere rasch ein und erwache zum Glück noch rechtzeitig – ich muss die Stimme von Jan heute einfach noch kurz hören, ich vermisse ihn zu fest.

"Hallo", meldet sich Jan, gewohnt fröhlich. Ich kann ihm selbst kaum Hallo sagen, da legt der kleine Mann los, mit allem, was er in den letzten Tagen erlebt hat – fast müsste ich ihn daran erinnern, zwischendurch zu atmen und ich kann ihm fast nicht folgen. Plötzlich wird es ruhig und er fragt mich: "Mami, wann kommst du wieder nach Hause?" Ich probiere stark zu sein, aber in diesem Moment würde ich am liebsten den Rucksack packen, in den Zug steigen und umgehend nach Hause zurückkehren. "Bald, mein Schatz", lautet meine Antwort. "Ich brauche noch einen Moment der Ruhe und des Rückzugs. Solange Lotta und du so gut miteinander klarkommt, gehe ich noch ein paar Tage weiter." Wir tauschen uns noch ein wenig aus und ich bin froh, seine Stimme wieder mal gehört zu haben. Alles scheint in bester Ordnung zu sein, was mir Lotta nachher noch bestätigt. Und sie ermuntert mich, mir noch Zeit zu geben und sie kämen noch einige Zeit gut ohne mich zurecht....

Ich verkrieche mich wieder in mein Bett, vorher massiere ich meine müden Füsse und freue mich, wenn der Fussmarsch nach Chur doch bald endet. Ich bin konditionell nicht in Bestform, stelle ich fest. Das muss sich ändern, ich brauche mehr Bewegung und mein zukünftiger Job darf nicht mehr so viel Büroarbeit umfassen.

Mein aktueller Arbeitgeber hat mich gut unterstützt bezüglich Flexibilität, dafür bin ich sehr dankbar. Allerdings, was mich zermürbt, sind die fehlenden Strukturen, die Uneinigkeit in der Führungsetage und das ständige Tuscheln gewisser Mitarbeiterinnen und Mitarbeiter untereinander.

Ich weiss auch nicht genau, wo ich in dieser Teamkonstellation stehe. Was ich aber weiss ist, dass ich auch im beruflichen Kontext zurückkehren möchte an einen Ort, an welchem ich meine Stärken voll ausleben kann und da zieht es mich wieder in einen gut funktionierenden Hotelbetrieb. Ich bin dabei, einzuschlummern, und da sehe ich mich vor meinem geistigen Auge in Hochform auflaufen in einem Hotel, mit viel Betrieb, in einer Bergregion, mit einem kurzen Arbeitsweg und einer Teilzeitbeschäftigung, sodass ich genügend Zeit habe, mich um Jan zu kümmern. Die Bilder verschwinden vor meinen Augen und ich schlafe tief und fest ein.

20. Juli

Ich habe gestern Abend vergessen, den Wecker zu stellen. Wegen eines einfahrenden und quietschenden Zuges wache ich auf und fühle mich ausgeschlafen und erholt. Mich packt eine Euphorie und Vorfreude auf den heutigen Tag. Vor wenigen Wochen noch, quälte ich mich jeden Morgen zum Bett raus und wusste nicht, wohin ich mich ausrichten soll. Schon nur mit ein bisschen Abstand zu meinem Alltag und der heilsamen Versöhnung mit meiner Mutter, fühlt sich alles so leichtfüssig an.

Das Frühstück schmeckt vorzüglich und das Aus-Checken im Hotel läuft vorbildlich ab. Schon schön, wenn man so freundlich empfangen und verabschiedet wird und genau in dieser Rolle möchte ich mich selbst bald auch wieder sehen.

Nach nur wenigen Kilometern, Sargans noch gar nicht richtig hinter mich gelassen, werde ich von einem weiteren Gewitter überrascht. Ich entscheide mich für einen vorgezogenen Kaffeestopp und schreibe meinem Vater, wie glücklich ich bin, was ich mit Mami erlebte und ich danke ihm, dass er immer an der Liebe zu ihr festgehalten habe. Wenn ich die gesamte Geschichte kenne, bewundere ich meinen Vater – er hatte es nicht immer leicht um sie, aber mein Vater hat immer auch ihren guten Kern erkannt und liebte sie über alles. Das war offensichtlich, auch nach vielen Jahren ihres gemeinsamen Weges.

Ich laufe und laufe und stelle fest, wie leer sich mein Kopf anfühlt. Worüber soll ich mir heute eigentlich Gedanken machen? Ist mit der Versöhnung mit meiner Mutter, nun alles geklärt, oder braucht mein Kopf und mein Herz einfach nur eine kurze Verschnaufpause?

Da gibt es doch noch ein paar Themen und ich erwische mich, wie ich die Gedanken an Yago gerade wieder beiseiteschieben möchte. Aber insgeheim weiss ich genau, dass ich nicht darum herumkomme, mir in dieser Hinsicht ebenfalls Gedanken zu machen. Nicht in erster Linie meinetwegen, sondern vielmehr schulde ich Jan die Geschichte zwischen seinem Vater und mir. Ein Stich im Herz löst das Thema schon immer noch aus.

Es sind bereits fünf Jahre vergangen, seit ich Yago endlich gefunden und ihm mitteilen konnte, dass er Vater geworden ist. Ich habe halb Denia nach ihm abgesucht und ich mag mich erinnern, wie enttäuscht ich den sonst so geliebten Ferienort verlassen und seither nie mehr besucht habe.

Ich habe Yago vermutlich komplett überrumpelt, als ich ihm eröffnete, dass er Vater geworden ist. Weil ich von ihm nie eine Adresse oder eine Telefonnummer hatte, sondern ihn immer nur am Hafen von Denia bei seinem Kutter getroffen habe und zwei Jahre nach Denia gereist bin, ohne ihn anzutreffen, war Jan eben schon auf der Welt und ein Kleinkind.

Er nahm verlegen und etwas ungelenk Jan in seine Arme, hat aber sofort erkannt, dass er der Vater von diesem süssen Jungen sein muss. Das stand nie ausser Frage. Wir haben uns anschliessend nur ganz kurz unterhalten, ich merkte aber, dass es ihm äusserst unangenehm war, dass ich aufgetaucht bin. Es gab eine sonst nie dagewesene Distanz zwischen uns und ich konnte mir nur vorstellen, dass er unterdessen jemand anderes kennengelernt hat und es ihm ungelegen kam, dass ich ihm sein Kind in die Arme lege.

Dabei haben wir uns ewige Liebe geschworen – klar, wir waren ja selbst noch fast Kinder und als ich schwanger war und Jan auf die Welt kam, konnte ich ihn mangels einer gültigen Adresse nicht über die Geburt informieren, geschweige denn, dass ich überhaupt schwanger war. Wir haben uns immer mehr zufällig getroffen, wenn ich in Denia in den Ferien war.

Ich vergesse nie die Augen, die Yago machte, als ich eines Frühlings bereits Ende Mai, statt erst im Juli im Hafen von Denia auftauchte. Yago sprang freudestrahlend von seinem Kutter, umarmte mich und hob mich auf und drehte sich mit mir um seine eigene Achse, bis es uns schwindelig wurde. Wir lachten, küssten und genossen einen lauen Frühlingstag. Händchenhaltend schlenderten wir durch das malerische Städtchen. Yago schlug vor, auf dem Kutter zu übernachten. Ich aber träumte von einer gemeinsamen Nacht in einem schönen Hotel.

Unterdessen hatte ich ja einen guten Lohn und mit dem vielen Trinkgeld leistete ich mir schon den einen oder anderen "Luxus". Yago war einverstanden, gestand mir aber, dass er kein Geld habe, für ein solch teures Zimmer. Ich lud ihn ein – auch zum Abendessen. Er sah an diesem Tag besonders umwerfend aus, sein Lachen wirkte ansteckend und seine braunen Muskeln spielten bei jeder Bewegung. Ich war stolz einen solch hübschen Jungen als Freund zu haben und ich war einfach glücklich verliebt. In dieser Nacht wohl ist Jan gezeugt worden.

Am nächsten Morgen fuhren wir mit dem gemieteten Auto in der Umgebung umher und wir waren in unserer Welt. Jeden Tag haben wir uns getroffen und einmal nahm er mich sogar mit auf das Meer. Dort war Yago in seinem Element und trotzdem träumte er von einem Leben abseits vom Fischen. Er beneidete mich, um meinen Alltag im Hotel und als wir am Morgen nach unserer Nacht im Hotel das Morgenessen einnahmen, hat er mir gesagt, dass er von einer Stelle als Koch in einem guten Hotel träume. Ich war sogar kurz davor, für ihn eine Stelle zu suchen, hier in der Schweiz.

All das fällt mir wieder ein. Lange habe ich diese schönen Momente verdrängt und ich weiss noch immer nicht, was ich Jan aus unserer gemeinsamen Zeit erzählen soll. Darüber muss ich mir auf dem Rest meiner Reise bis Chur im Klaren werden.

18. KAPITEL

Der zweite Blick

In Vorfreude auf das zweite Aufeinandertreffen mit Marc macht sich Ella auf den Weg zum Treffpunkt mitten in der Stadt Chur. Schon von Weitem sieht sie ihn auf einer Bank unter einem Baum sitzen. Und Ella stellt fest, dass sie doch ein wenig nervös ist auf das Wiedersehen mit ihm. Ob es Marc wohl ähnlich ergeht?

Was erwartet mich mit ihm? fragt sie sich. Kann aus dieser Begegnung vielleicht sogar Liebe entstehen? Wäre sie überhaupt bereit für eine neue Beziehung?

Ella entscheidet, den Abend einfach geschehen zu lassen und nicht zu hohe Erwartungen an das Treffen zu stellen. Sie möchte vor allem nicht die gleichen Fehler machen, die sie bei frühere Begegnungen mit Männern gemacht hat. Ihre verstandesbezogenen Gedanken sollten nicht Überhand bekommen und sie am Schluss ernüchtert zurückbleibt. Sie möchte sich einfach auf Marc einlassen, ihn mit allen Sinnen erfassen und einen schönen Abend mit ihm verbringen.

Marc steht auf, als er Ella erblickt und geht mit grossen Schritten auf sie zu. Mit einer herzlichen Umarmung begrüssen sich die beiden.

Wie fein er wieder riecht, stellt Ella schwärmend fest. Was ein Duft wohl alles über einen Menschen aussagen mag? fragt sie sich. Erinnert sie dieser Duft an eine andere Person oder erfasst ihre Nase diesen Duft das erste Mal?

Ihr fällt zum wiederholten Male auf, wie warm sich seine Stimme anhört. Und wie er es mit seiner unaufdringlichen Art schafft, sich in seiner Gegenwart sofort wohlzufühlen. *Genau so stelle ich mir eigentlich eine Beziehung mit einem Mann vor,* denkt Ella. Aber eigentlich weiss ich ja gar nichts über ihn.

Ist er womöglich verheiratet oder glücklich in einer Beziehung und trifft sich nur mit ihr, weil sie ebenfalls in Chur weilt? Macht sie sich unnötige Hoffnungen? Sie möchte dem Ganzen heute ein wenig auf den Zahn fühlen. "Du siehst erholt aus", sagt Marc. "Ich bin gespannt, wie das Gespräch mit deiner Mutter gelaufen ist", ergänzt er rasch.

Ella schmunzelt vielsagend und sagt: "Komm, lass uns zuerst ein paar Schritte gehen und einen schönen Platz finden, wo wir das Nachtessen einnehmen können. Aber ich kann dir jetzt schon sagen: Mir geht es hervorragend. Ich bin um ganz viele Einsichten reicher", ergänzt sie weiter.

"Und ich bin wesentlich entspannter, wenn ich meinen Blick in die Zukunft richte. Als ich vor ein paar Tagen in Wollerau aufgebrochen bin, hätte ich mir nie erträumen lassen, dass es zu dieser Aussprache mit meiner Mutter kommen könnte. Eigentlich traurig, dass es so lange gedauert hat, bis es zu dieser Annäherung gekommen ist. Wenn es dich interessiert, erzähle ich dir gerne später mehr darüber. Momentan geniesse ich das befreiende Gefühl von Vergebung.

Die letzten Etappen, die ich alleine bewältigt habe, nutzte ich, meine Gedanken etwas zu ordnen und ich blicke mit einer viel grösseren Zuversicht in meine Zukunft. Ich bin voller Tatendrang und habe neuen Elan und Energie, meine berufliche wie private Zukunft zu ändern.

Seit ein paar Stunden bin ich zudem komplett aus dem Häuschen! Mich hat in der Bäckerei, in welcher ich einen kurzen Zvieri-Stopp gemacht habe, ein Stelleninserat wörtlich "angesprungen und umgehauen". Es ist leicht verrückt, aber ich muss diese Chance wohl einfach packen."

Ella und Marc flanieren durch Chur und finden einen ruhigen Ort, um das Nachtessen einzunehmen. Sie setzen sich an einen freien Tisch und spüren, dass ihnen ein schöner, warmer Abend bevorsteht. Die anfängliche Nervosität hat sich rasch gelegt.

Während Marc die Speisekarte studiert, beobachtet Ella ihn und fragt sich, ob sie jemals einen anderen Mann als Yago lieben könnte.

Marc gefällt ihr optisch zwar ausgezeichnet - dennoch hört sie eine Stimme, die ruft: *lass die Finger von ihm, dein Herz ist noch nicht bereit und du hast doch eine grosse Liebe: Yago.*

Und trotzdem: Yago ist nicht greifbar und vielleicht längst mit einer anderen Frau verheiratet. Sie muss sich doch endlich selbst verzeihen und ihn loslassen. Er darf einen Platz in ihrem Herzen haben, aber sie möchte ihr Herz wieder verschenken dürfen, ohne ein schlechtes Gewissen zu haben. Es kann doch nicht sein, dass sie nun für immer alleine bleiben muss.

Ist heute Abend der richtige Zeitpunkt, um über Sinn oder Unsinn der Liebe zu denken oder ist jetzt der Moment angezeigt, einfach einen Abend in netter Begleitung zu geniessen, ungeachtet wohin der Weg mit Marc führt?

Sie blickt zu ihm, welcher just in diesem Moment seine Augen von der Speisekarte auf sie richtet, und ihre Blicke treffen sich. Ein Schauer läuft Ella über den Rücken und sie merkt, wie sie mit einem verlegenen Lächeln wegschaut. Noch kann sie nicht lange diesem warmen Blick seiner Augen standhalten.

Habe ich jetzt schon zu viel von mir preisgegeben, denkt Ella? Schnell wählt sie etwas von der Speisekarte, damit die Bestellung aufgegeben werden kann. Und bevor eine grössere Sprechpause zwischen ihnen entstehen mag, fragt Ella, wie denn seine Ausbildungswoche überhaupt gewesen sei.

Und dann beginnt Marc zu erzählen. Zuerst von seiner Arbeit und, wie es gekommen ist, dass er nun diese Weiterbildung macht.

Er fühlt sich in der Anwesenheit von Ella derart wohl, dass er sich öffnen mag und über sein Leben erzählt.

Aufmerksam und fasziniert hört ihm Ella zu. Ist es nicht unglaublich, wie unterschiedlich und einzigartig ein Lebensweg verläuft? Und sie fragt sich einmal mehr, wie viel Vorbestimmung ist und wie viel wir das Ruder unseres Lebens selbst in der Hand halten. Sie hat darauf keine Antwort, begegnet aber wieder ihrer Überzeugung, dass jeder Mensch mit einem Kern seiner Natur auf die Welt kommt und eingeladen wird, danach zu leben.

Auch Marc ist in Bern aufgewachsen. Und hat die Schulen dort besucht, allerdings ist er sechs Jahre älter als Ella, wie sich herausstellt.

"Ich habe ein Studium als Ingenieur an der ETH Zürich abgeschlossen und war für einige Zeit beruflich im Ausland tätig. Dort habe ich meine schwedische Frau Frida kennengelernt. Und mit ihr habe ich zwei Kinder, Nova und Sanna. Frida hat auch in England gearbeitet und wir waren uns, beide kaum in England angekommen, zufällig an der Rezeption eines Hotels begegnet.

Zufällig darum, weil eigentlich geplant war, dass ich die ersten Tage in England bei einem Freund verbringe, der dann aber krank wurde und mich nicht anstecken wollte. Ihr erging es ähnlich, sie war aus lauter Vorsicht zwei Tage vor Stellenantritt angereist. Ihr Arbeitgeber hat ihr eine wunderschöne, kleine möblierte Wohnung organisiert, die sie aber erst am Tag des Stellenantritts beziehen konnte.

Frida war auffallend offen, liebenswürdig und sprach hervorragend Deutsch. Wir kamen uns rasch näher und verbrachten eine unvergessliche und unbekümmerte Zeit in England. Schnell haben wir geheiratet, bekamen zwei wunderbare Mädchen und waren glücklich.

Bis wir vor fünf Jahren gemeinsam in die Schweiz kamen. Für mich stimmte alles.

Wir hatten beide einen tollen Job, die Kinder gingen in den Kindergarten und in die Schule und gegen aussen schien unser Glück perfekt.

Meine Frau hingegen wurde zunehmend unglücklicher. Sie konnte mit der Mentalität hier nicht umgehen. Sie fand keine Freundinnen, weil sie viele als "Gefahr" sahen. Frida entsprach optisch genau dem, was man von einer schönen Schwedin hält. Aber sie ist viel mehr, als einfach eine optisch schöne Frau. Sie hat so viel Humor und ein grosses Herz.

Ich habe viel zu spät erkannt, dass Frida Heimweh hatte und ich irrte mich, weil ich glaubte, ihr nebst meiner Liebe auch materiell etwas bieten zu können. Insgeheim hoffte ich, dass sie sich dann schon irgendwann in der Schweiz zu Hause fühlt. Aber ich habe mich schwer getäuscht.

Frida war entwurzelt, heimatlos und labil. Nebst ihrer abnehmenden psychischen Stabilität rutschte sie in die Alkoholabhängigkeit – wie ihr Vater. Sie selbst hasste sich dafür und als sie begann, sich und die beiden Mädchen zu vernachlässigen und ich nebst meinem harten Job den Haushalt praktisch alleine schmeissen musste, griff ich ein und wir stellten uns der Realität.

Meine Liebe hat nicht gereicht, sie glücklich zu machen. Diese Tatsache tut auch heute noch weh. Und ich musste hilflos zusehen, wie alles auseinanderzubrechen drohte. Frida stellte mich vor die Wahl: entweder gemeinsam nach Schweden auszuwandern oder sie alleine mit Nova und Sanna.

Wir gaben uns sechs Monate Zeit – es folgten Monate voller Achterbahn der Gefühle und eigentlich war schon von Beginn weg klar, wohin der Weg führt. Obwohl ich eine sehr enge Beziehung zu meinen Mädchen hatte, waren sie von der Idee begeistert, nach Schweden zu ziehen, zumal ein Teil dieses Landes zu ihrer Herkunft gehört.

Mir hat es fast das Herz gebrochen, als der Entscheid feststand. Frida und die Kinder sind nun seit zwei Jahren in einem kleinen Vorort von Stockholm zu Hause. Es vergeht seither keinen Tag, an welchem ich nicht an der Richtigkeit unserer Entscheidung zweifle.

Obwohl wir uns versprochen haben, den Kontakt aufrechtzuerhalten, sehe ich meine Töchter maximal zweimal im Jahr. Möchte ich über die Festtage nach Schweden reisen, werde ich immer vertröstet, weil sie bereits mit ihrer Familie Pläne hätten. Von Frida bin ich unterdessen geschieden und in den ersten Monaten danach herrschte praktisch Funkstille.

Frida hat sich zum Glück von ihrer Krise erholt und es kommt mir so vor, als möchte sie mich auf Distanz halten, weil ich sie zu fest an die belastende Vergangenheit erinnere. Frida, Nova und Sanna sind nun eingebettet in ihr schwedisches Familienleben und umgeben von ihren vielen Freundinnen und Freunde.

Ich blieb alleine zurück und habe mich, wie könnte es anders sein, in die Arbeit gestürzt. Ich bildete mir ein, dass dann der Schmerz weniger gross ist.

Meine sozialen Kontakte waren die letzten Jahre praktisch inexistent, ausser die Freundschaft zu Philipp, meinem besten Freund.

Nach dem ersten schwierigen Jahr ohne meine Familie, habe ich bewusst entschieden, mein Leben wieder in die Hand zu nehmen und das Ruder zu übernehmen.

Während einer Wanderung, lustigerweise ganz hier in der Nähe, ist mir bewusst geworden, dass ich mein Leben ändern möchte und zu meiner alten Stärke finden will. Weisst du, ich denke, im Laufe der Jahre habe ich vergessen, wer ich eigentlich bin. Ich wollte es immer allen Mitmenschen recht machen, besonders natürlich meiner eigenen Familie. Ich habe geschaut, dass es ihnen an nichts mangelt – habe mich dabei aber selbst vergessen und stellte auch fest, dass ich das, was meine Familie, vor allem Frida brauchte, gar nicht in der Lage war, geben zu können.

Ich meinte, ich sei dafür verantwortlich, ihnen ein gutes Leben zu ermöglichen. Aber was ist denn überhaupt ein gutes Leben?

Mir ist viel zu spät aufgefallen, wie Frida nicht mehr sich sein konnte und sie sich von mir entfernt hat. Ich dachte immer, dass sie nach ein paar Jahren hier in der Schweiz schon heimisch wird. Aber sie war auch in England nicht heimisch, nur war dort unsere Verliebtheit so gross, dass sich das Heimweh nicht so stark zeigte.

Ich habe viele Freundschaften aufgegeben, weil ich jede Minute zu Hause verbringen und dazu beitragen wollte, dass sich alle wohlfühlten. Leider waren diese Bemühungen umsonst.

Als das Haus leer war, kein Kindergekreische zu hören war und nirgends eine weinende Frau auf dem Sofa lag, wurde mir klar, dass ich am Ende bin und sich all meine Träume und Vorstellungen eines intakten Familienlebens in Luft aufgelöst haben.

Und trotzdem musste ich mit Demut feststellen, dass niemand wirklich einen Fehler gemacht hat, sondern dass das Leben eine neue Richtung gewählt hat. Und es gab nebst der Trauer auch Platz, zuzulassen, dass ich eingeladen wurde, mein eigenes Leben neu zu gestalten.

Auf dieser Wanderung habe ich eine Gedankenreise gemacht in meine Vergangenheit.

Und habe mich wieder als kleinen Junge gesehen, der fasziniert war von allen technischen Dingen, der alles wissen wollte. Der von Vater über Grossvater und Onkel alle zur Verzweiflung brachte, mit all den Fragen. Der als Schüler brillierte, wenn es um technische Angelegenheiten ging und so war es kaum überraschend, dass ich Ingenieur wurde.

In meiner Gedankenreise sah ich mich in Gesellschaft unter Freunden. Ich war in jungen Jahren in vielen Vereinen aktiv und wirkte auch im Vorstand der Vereine mit. Und wenn irgendwo Hilfe gefragt wurde, war ich sofort zur Stelle. Ich liebte das gesellige Zusammensein.

All das habe ich aufgegeben, weil ich meinte, so meiner Familie ein gutes Leben bieten zu können. Dabei habe ich vergessen, wenn jemand entwurzelt wird, es schwierig ist, an einem neuen Ort Fuss zu fassen. Und ich denke nicht, dass es ein Fehler oder eine Schuld von irgendjemandem war, sondern es uns einfach nicht gelungen ist, Frida eine neue Heimat zu bieten.

Ich kam nach diesen Ferien nach Hause und habe mich bei einem ehemaligen Freund gemeldet. Mit ihm pflegte ich über zehn Jahre keinen Kontakt mehr. Wir haben uns auf ein Feierabendbier getroffen und es war, als hätte es diesen Kontaktunterbruch nie gegeben, und er hat mir von seiner Tätigkeit bei der Feuerwehr vorgeschwärmt.

Stefan sagte zu mir: "Marc, es ist kein Zufall, dass wir uns wieder begegnet sind. Wir brauchen dich in der Feuerwehr – genau so einer wie dich, mit einem guten technischen Verständnis, einen Schnelldenker und du bist jemand, der die Kameradschaft pflegen kann. Komm doch mal zu einer Probeübung." Und nun bin ich begeistertes Mitglied unserer Feuerwehr. Und "brenne" richtiggehend für diese herausfordernde Funktion.

Ich stelle auch fest, dass sich in der Zwischenzeit viel in mir gewandelt hat und wie ich mich viel eher wieder selbst erkenne, spüre und mich meiner Natur genähert habe.

Und weisst du, was das Schönste dabei ist? Auch das Verhältnis zu Frida und unseren Kindern hat sich in den letzten Wochen merklich entspannt. Wir sehen uns zwar selten, aber der Austausch ist wieder viel mehr von Zuneigung geprägt. Ich vermute fast, dass ich unbewusst und vor allem unabsichtlich Frida ein schlechtes Gewissen übertragen habe, weil sie den Schritt gewagt hat, in ihre Heimat zurückzukehren. Ella, ich kann dir so gut nachfühlen, wie befreiend es sich anfühlt, wenn sich Beziehungen klären, sei es wie in deinem Fall zu deiner Mutter und wie bei mir zu meiner Familie.

Einzig, was mir bisher nicht gelungen ist, ist, mich wieder zu verlieben und eine stabile Beziehung zu einer Frau aufzubauen. Dafür sitzt der Schock über die Trennung wohl doch noch zu tief. Ich frage mich manchmal, ob man im Leben überhaupt mehreren grossen Lieben begegnen kann."

Ella hört Marc aufmerksam zu und muss schmunzeln, als Marc darüber sinniert, ob es mehrere grosse Lieben in einem Leben gibt. "Genau das frage ich mich auch immer mal wieder", bringt sie sich ein. "Darauf habe ich bisher noch keine Antwort erhalten, auch nicht während meiner Reise bis dahin."

Marc antwortet: "So, nun weisst du fast alles über mich." Dabei strahlt er sie so innig an, dass sie ihn am liebsten umarmt hätte.

Während seines Erzählens hat sie seinen Schmerz gespürt und ein grosses Mitgefühl für seine Situation entwickelt. Warum reicht, ähnlich wie bei ihr, die Liebe manchmal nicht aus, damit eine Familie zusammenbleibt?

Hat sich Frida zu wenig Zeit gegeben, oder hätten sie nochmals umziehen sollen, bis sie sich heimisch hätte fühlen können? Oder ist der Weg ohnehin vorbestimmt und hat alles im Leben schon seine Richtigkeit und können wir nur den Kompass ausrichten, aber alles andere liegt ausserhalb unserer Kontrolle? *Ich weiss es nicht,* denkt Ella etwas ernüchtert.

Ella bedankt sich bei Marc für seine Offenheit. Er wiederum lädt sie ein, mehr von sich zu erzählen und Ella, leicht irritiert von dieser Einladung, weiss gar nicht recht, wo sie beginnen soll.

❧

Ella ist beeindruckt von Marc's Erzählungen und erkennt gewisse Gemeinsamkeiten. Ihnen ist gemeinsam, dass sie sich mehr unfreiwillig von ihren grossen Lieben lösen mussten und sie unsicher sind, ob ihnen nochmals eine grosse Liebe begegnen wird.

Da Ella in den letzten Tagen selbst anstrengende Vergangenheitsbewältigungserfahrungen gesammelt hat, möchte sie nur die Kurzversion erzählen und eröffnet Marc, dass sie ihm vor allem von ihren aktuellen Plänen berichten möchte.

Dennoch erzählt Ella überschlagsmässig von ihrer Kindheit, ihrer Freundschaft zu Lotta, über die Liebesgeschichte mit Yago und natürlich das grosse Glück mit Jan.

Während sie sich selbst zuhört, stellt sie fest, wie viel Schönes ihr in ihrem Leben schon widerfahren ist.

Sie erkennt, was ihr alles schon gelungen ist und wie wohlgesinnt man ihr begegnet, sei es in langjährigen Freundschaften, ihrer Familie und im beruflichen Umfeld. "Ich stelle gerade fest, wie gesegnet ich eigentlich bin, auch wenn mir das in den letzten Monaten nicht wirklich bewusst war. Ich denke, ich habe mich immer nur darauf konzentriert, was ich nicht kann oder was mir fehlt, und habe dabei vergessen, wie wertschätzend mir meine Mitmenschen gesinnt sind. Es ist ein Privileg, seit vielen Jahren bei Tante Marianne und Onkel Paul leben zu dürfen und trotz Wegzug aus Bern, die Freundschaft zu Lotta nichts an ihrer Qualität eingebüsst hat.

Mein Vater steht mir ohnehin nahe, und nun habe ich auch mein Mami als Bezugsperson gewonnen. Ich konzentrierte mich in den letzten Jahren wohl zu fest darauf, wie abgelehnt ich mich von Yago und meiner Mutter fühlte und dabei vergessen ging, was für wertvolle Menschen mir den Rücken frei halten und mich auffangen, wenn es wieder mal arg zu- und hergeht."

Marc saugt jedes Wort auf und viele Bilder entstehen vor seinem geistigen Auge.

Während er Ella zuhört, spürt er eine grosse Verbundenheit mit ihr. Wie dankbar er ist, sie in Weesen angesprochen zu haben. Hätte er dies nicht getan, würden sie den heutigen Abend nicht zusammen verbringen. Es gibt sie zum Glück immer wieder – die magischen Momente. Die zufällige Begegnung mit Ella gehört definitiv dazu.

Was für eine natürliche Ausstrahlung Ella doch hat. Sie wird sich ihrer Schönheit vermutlich nicht bewusst sein, davon ist Marc überzeugt und er getraut sich kaum, sie anzusehen, weil er von ihrem Glanz dermassen fasziniert ist.

Er könnte ihr stundenlang zuhören und er kann es nicht glauben, dass Yago sie wegschickte, als er erfahren hat, Vater geworden zu sein.

War Yago wohl einfach überfordert und bereut er diese Reaktion längst? Das kann sich Marc gut vorstellen – und diese Einschätzung teilt er Ella auch mit.

Sie schaut ihn überrascht an und sagt: "Meinst du?" "Ich meine nicht, sondern ich bin fest davon überzeugt", bekräftigt Marc seine Einschätzung. "Ich bin sicher, dass er es längst bereut und dich vermutlich irgendwann aufsuchen wird."

Als hätte er eine Eingebung, sagt er zu Ella: "Ich bin sicher, diese Geschichte ist noch nicht zu Ende erzählt und ich bin zuversichtlich, dass ihr eines Tages wieder zusammenkommt. Es wird dann passieren, wenn du nicht mehr daran glaubst und du wirst noch an meine Worte denken."

Ella wird ganz ruhig. Mit einer solchen Reaktion hätte sie nicht gerechnet. Und sie hat nie ernsthaft in Betracht gezogen, dass Yago seinerseits sie mal aufsuchen könnte. Warum auch? Sie merkt, dass diese Aussagen von Marc in ihr einerseits Hoffnung auslösen, sie aber auch beängstigen.

Wortlos sitzen sie sich gegenüber. Es ist unterdessen spät geworden und für beide ist es unvorstellbar, dass ihnen irgendwann der Gesprächsstoff ausgehen könnte. So vieles ist noch unausgesprochen – vor allem auch, wie sie ihren Kontakt weiter pflegen sollen.

Marc begleitet Ella in ihr Hotel und es entsteht ein Moment der Unsicherheit, wie sie sich voneinander verabschieden sollen. Der Mond scheint auf das Gesicht von Ella und Marc erhascht nochmals einen intensiven Blick von ihr. Er umarmt sie, drückt sie fest an sich und spürt ihre Hände auf seinem Rücken. Sie stehen für einen Moment still da und atmen die Nähe des anderen ein.

Er bedankt sich für den schönen Abend, streicht ihr zärtlich eine Strähne aus ihrem Gesicht und küsst ihre Stirn und wünscht ihr eine gute Nacht.

Ella ihrerseits öffnet die Eingangstüre des Hotels, dreht sich nochmals zu Marc um und sagt: "Komm doch bitte morgens hier ins Hotel zum Morgenessen, sagen wir 7.00 Uhr? Ich möchte dir noch von meinen nächsten Plänen erzählen." "Mache ich", sagt Marc und geht in die dunkle Nacht hinaus.

Beide liegen getrennt voneinander in ihren Hotelzimmern und beide fragen sich getrennt voneinander: Was war das jetzt genau? Und beide fallen getrennt voneinander in einen tiefen und ruhigen Schlaf.

19. KAPITEL

Bergwelt

Wie begegnet man sich nach einem solch intensiven gemeinsamen Abend, fragt sich Ella, als sie am nächsten Morgen am Tisch auf Marc wartet. Sie ist nervöser als gestern Abend, denn dass es zwischen ihnen knistert, ist unübersehbar. Es ist einfach noch unklar, inwieweit sie sich von ihren Vergangenheiten lösen können und was sie sich von dieser Begegnung erhoffen. Ella weiss aktuell nicht, ob sie bereit wäre für eine ernsthafte Beziehung, denn Priorität hat nun die Suche nach einer passenden Arbeitsstelle.

Gewohnt galant begrüsst Marc Ella und wenige Stunden nach ihrem Abendessen sitzen sie sich erneut gegenüber. "Wie hast du geschlafen?", fragt Marc und bestellt einen doppelten Espresso. Ella erzählt von ihrer unruhigen Nacht mit vielen wirren Träumen. "Mir erging es genauso", lacht Marc.

"Was sind nun deine Pläne wegen dieser Stelle?", erkundigt sich Marc interessiert.

Ella zeigt ihm das Stelleninserat und er scheint begeistert zu sein. "Perfekt, Ella, das ist deine Chance", ermuntert er sie. "Ich kenne dieses Hotel bestens", denn dort logierte ich schon mehrmals, erst gerade als ich auf dieser Wanderung war, von welcher ich dir gestern erzählt habe. Das kann doch kein Zufall sein? Erstaunt schaut ihn Ella an. "Und nun, was wirst du machen?", fragt Marc neugierig.

"Ich werde natürlich direkt dorthin fahren und mich zeigen. Vielleicht kann ich die schriftliche Bewerbung nachreichen. Ich habe mir eine Busverbindung herausgesucht und ich werde dort für ein paar Tage ein Zimmer reservieren und mich spontan vorstellen. Ich möchte den Betrieb spüren, dort schlafen, essen und mich wohlfühlen. Voraussichtlich bleibe ich bis Sonntag und werde anschliessend direkt nach Hause fahren."

Marc lacht. "Das sieht dir ähnlich und tönt nach einem guten Plan.

Bedränge ich dich, wenn ich dich frage, ob ich heute Abend nach Abschluss meiner Weiterbildung auch nach oben fahren soll, um mit dir bis Sonntag dort zu bleiben? Ich könnte dir einige schöne Plätze zeigen, damit du noch besser entscheiden kannst, ob du deine berufliche und private Zukunft wirklich dorthin verlegen möchtest. Ich könnte dich am Sonntag mit dem Auto nach Wollerau fahren, liegt ja auf meinem Rückweg, was meinst du?"

Ella ist baff, aber alle Schmetterlinge in ihrem Bauch tanzen aufgeregt cha-cha-cha und jubilieren. Sie strahlt über das ganze Gesicht und stammelt: "Ja, so machen wir es." Sie findet, dass Marc einfach alles richtig macht, genau die richtigen Worte findet, die richtige Dosierung wählt und alles fühlt sich so harmonisch an.

Er zahlt sein Frühstück, gibt Ella einen Kuss auf die Wange und verabschiedet sich mit den Worten: "Gute Reise und ich freue mich auf heute Abend." Und weg ist er. Nur ein letzter Hauch seines feinen Duftes liegt in der Luft.

Ella packt derweil ihren Rucksack und fragt sich, ob sie dabei ist, sich zu verlieben. Marc ist einfach ein unfassbar toller Mann. Aber hat ein Mann neben Jan überhaupt Platz?

Was würde sich alles ändern, wenn Jan sie plötzlich mit einem Mann teilen müsste? Muss sie überhaupt schon so weit denken, oder soll sie erst alles geschehen lassen und vielleicht merken sie in ein paar Tagen, dass sie doch nicht zusammenpassen?

Eine neue Liebe stand eigentlich nicht auf ihrem Reiseprogramm.

Bevor sie das Postauto in Chur besteigt, probiert sie zu Hause anzurufen, aber niemand scheint ihren Anruf zu hören. Hoffentlich ist alles gut, macht sich Ella plötzlich Sorgen. Die letzten Stunden waren so intensiv und schön, fast hätte sie vergessen, dass da ja noch Lotta und Jan sind. Nein, nicht wirklich vergessen, aber die letzten Tage waren mit so vielen Emotionen gespickt, da muss man schon aufpassen, damit man die Orientierung nicht verliert.

Ella ist dankbar dafür, dass vieles, was sich vor wenigen Tagen noch so kompliziert anfühlte, sich einfach aufgelöst hat und einem angenehmen "Flow" Platz macht.

Wenig später ruft Lotta zurück und ist entzückt von den News von Ella – *da geht aber gerade einiges bei dir* – dies ihr Kommentar.

In Wollerau scheint alles bestens zu sein und trotzdem macht sich grosse Freude breit, als Lotta und Jan erfahren, dass Ella am Sonntag zurückkehrt. "Wir freuen uns sehr auf dich", verspricht Lotta und sie entscheiden, dass Lotta anschliessend zwei weitere Wochen bei ihnen bleibt.

Ella findet dies eine prima Idee. Gerne verbringt sie ein paar Tage mit ihrer besten Freundin, schliesslich gibt es noch vieles auszutauschen und Ella ist wichtig, die Meinung von Lotta zu kennen. Sie vertraut zwar unterdessen recht gut ihrer inneren Stimme, aber Lotta hat die Gabe, solche wichtigen Entscheidungen von verschiedenen Seiten zu beleuchten und nicht einfach aus dem Bauch heraus in eine Richtung zu rennen.

Das Postauto fährt pünktlich los. Nur wenige Fahrgäste befinden sich in diesem grossen Gefährt und Ella geniesst das Privileg, praktisch mit dem Chauffeur alleine unterwegs zu sein. Sie kennt diese Gegend überhaupt nicht und klebt darum fast mit der Nase an der Fensterscheibe und geniesst die schöne Landschaft.

Und sie kneift sich selbst in ihren Arm, um zu glauben, was sich alles in den letzten Tagen zugetragen hat. Muss man zuerst seinen Alltagstrott verlassen, damit sich verworrene Themen auflösen? Gelingt es nur so, einen klaren Blick zu gewinnen und zu erkennen, wohin der Weg führt?

Ella fragt sich, ob sie sich in den letzten Monaten oder Jahren in einem Kreisverkehr befunden hat und ihr die Entscheidungskraft fehlte, die richtige Ausfahrt zu wählen?

Warum sitzt sie nun hier im Postauto in der Überzeugung, den richtigen Job gefunden zu haben? Sie war noch nie dort und trotzdem weiss sie instinktiv, dass sich ein Kreis schliessen wird, der längst in ihr schlummerte – wohnen und arbeiten in den Bergen!

Der Zeitpunkt ist ideal, Jan ist noch nicht allzu fest an Wollerau gebunden und sie verfügt über die nötigen Kräfte, um ihr Leben vollkommen umzukrempeln.

Sie hat diese Kraft vor allem, weil ein äusserst grosser Energieverlust nicht mehr anfallen wird. Wie erleichtert man sich nach einer Versöhnung und Aussprache fühlen kann, hätte Ella vor einer Woche noch nicht geglaubt. Dass die jahrelange Belastung im Umgang mit ihrer Mutter solch tiefe Spuren in ihrem Körper und ihrer Seele hinterlassen hat, spürt sie erst jetzt, seit sich alles so leicht anfühlt.

Oder ist sie gar nur frisch verliebt? Jedenfalls verspürt Ella eine grosse Euphorie und sie ist sich bewusst, dass das Gefühl nicht ewig anhalten wird und nach der Ernüchterung entschieden wird, ob sie die Ausdauer aufbringen kann, ihren Alltag so zu leben, damit dieser am Schluss von Erfolg gekrönt ist.

Vielleicht gibt es wieder einmal einen Rückfall im Umgang mit ihrer Mutter, vielleicht entsteht keine Liebe zwischen Marc und ihr, vielleicht gefällt ihr der Job doch nicht so gut und vielleicht werden Jan und sie am neuen Wohnort nicht glücklich oder Jan hat Mühe, sich in der Schule zurechtzufinden. All diese Gedanken und Bedenken lässt Ella zu, schenkt ihnen aber so wenig Aufmerksamkeit wie möglich. Zu schön fühlt sich das schwerelose Gefühl an – ein Gefühl, auf der Sonnenseite des Lebens zu stehen.

Keine 40 Minuten später steigt Ella aus dem Bus, atmet zwei, dreimal tief ein und aus und schaut sich um.

Hier bin ich!

Da könnte unsere Zukunft beginnen, heute, jetzt.

Wie cool ist das denn? Ganz alleine steht sie nun da und erblickt schon das Hotel – da werden wir uns niederlassen, Jan und ich.

Sie dreht sich nochmals um ihre eigene Achse und sieht ein grosses Sportgeschäft, eine Apotheke und vieles mehr.

Alles fühlt sich richtig an und so schreitet sie strammen Schrittes voran, betritt das Hotel und hat das Gefühl, bereits zum Team zu gehören.

❧

Fast wie in Trance nimmt Ella die ersten Minuten wahr und alles entpuppt sich einfacher als erwartet. Ehe sie sich versieht, sitzt sie schon im modernen Büro der zuständigen Personalfachfrau, die völlig spontan Zeit fand, sich mit Ella zu unterhalten.

Wie der Zufall will, erfährt Ella, dass ihre ehemalige Vorgesetzte ebenfalls in diesem Hotel arbeitet. Das Wiedersehen mit Laura ist herzlich, und man entscheidet sich für eine gemeinsame Kaffeepause. Ihre ehemalige Vorgesetzte, schaut die Personalfachfrau an und sagt: "Wenn sich Ella hier bewirbt, dann pack zu, du wirst es nicht bereuen!"

Die Personalfachfrau lacht herzlich und sagt: "So eine Bewerbung habe ich noch nie begleitet – bitte reichen Sie Ihre Unterlagen nach, aber ich bin sehr interessiert an Ihnen, Frau Fankhauser."

Ella kann es nicht verkneifen anzubieten, für ein paar Stunden an der Rezeption auszuhelfen; sie hat den ganzen Tag keine weiteren Pläne. Erst am Abend wird Marc ebenfalls im Hotel eintreffen.

Eine Mitarbeiterin ist krankheitshalber ausgefallen und so bietet es sich an, Ella diese Chance zu geben – und beide Seiten sind begeistert. Ella empfängt die Gäste nach einer Stunde bereits professionell und galant wie immer, und sogar der Hoteldirektor und seine Frau werden auf Ella aufmerksam.

Als Marc am Abend das Hotel betritt und ihn niemand anderes als Ella in Empfang nimmt, das Anmeldeprozedere gekonnt abwickelt, ihm den Schlüssel aushändigt und sogar exakt beschreiben kann, wo sich sein Zimmer befindet, ist er sprachlos – einmal mehr.

Was Ella für eine ausdrucksvolle und inspirierende Person ist. Sie lebt und liebt ihren Beruf – Ella gehört zu diesem Hotel, das steht für ihn ausser Frage.

Ella wird in den Feierabend geschickt – alle Beteiligten sind von diesem spontanen Einsatz entzückt und man einigt sich auf ein weiteres Gespräch eine Woche später. Ella wird mit Jan und Lotta nochmals anreisen. Den Lebensmittelpunkt hierhin zu verlegen, wäre ein grosser Schritt und diese Veränderung muss nicht nur für Ella, sondern vor allem auch für Jan stimmen.

20. KAPITEL

Mein Leben auf dem Kutter

Yago zieht die Netze mit den vielen gefangenen Fischen ein – heute ist ihm ein richtig guter Fang geglückt. Er zieht die Fische bis auf seinen Kutter und beginnt mit der Weiterverarbeitung.

Eigentlich müsste er ab diesem grossen Fang jubilieren, aber heute ist wieder einmal einer seiner weniger guten Tage.

Er ist wie üblich früh aufgestanden und auf das Meer gefahren. Wie sehr er sein Leben auf dem Kutter satthat. Viel lieber würde er endlich den Beruf als Koch erlernen dürfen, würde gerne in einem Hotel arbeiten, genug verdienen und irgendwann könnte er damit seine Familie ernähren.

Von der Fischerei allein wird er nie gut leben können, aber sein Vater verlangt von ihm, die Familientradition weiterzuführen. Unlängst hat sich sein Vater aus dem Unternehmen zurückgezogen und unterstützt Yago nur noch selten.

Zwischen ihnen herrscht sowieso seit Monaten Eiszeit. Yago ist empört, gezwungen worden zu sein, Fischer zu werden, während sein jüngerer Bruder kürzlich eine Ausbildung in einem Hotel beginnen durfte. "Ruben ist körperlich zu wenig stark für den Beruf als Fischer", pflegte sein Vater zu argumentieren.

Yago überlegt sich immer wieder, wie er es schaffen könnte, endlich diesem Kutter zu entfliehen. Er fühlt sich auf dem Meer zunehmend einsam und malt sich immer wieder aus, wie es wäre, wenn er einen anderen Beruf hätte erlernen dürfen.

Heute ist seine Stimmung am Nullpunkt – er war letzte Nacht, wie so oft in letzter Zeit, schweissgebadet aus dem Schlaf geschreckt, weil er davon geträumt hat, Ella und seinen Sohn am Strand erspäht zu haben.

Er wollte ihnen zu rufen, aber seine Stimme versagte. Yago träumte, wie er ihnen voller Panik mit einer farbigen Fahne zugewinkt hat, und als ihn Ella irgendwann erblickte, packte sie Jan und verschwand. Immer wieder träumt er den exakt gleichen Traum und immer im selben Moment erwacht er mit starkem Herzklopfen.

In solchen Momenten fühlt er sich ohnmächtig und traurig, und nicht selten laufen ihm die Tränen über die Wangen.

Schon bald neigt sich ein weiterer Sommer dem Ende zu und wieder hat er vergebens darauf gehofft, Ella mit Jan irgendwo zu entdecken und er endlich in Ordnung bringen könnte, was er längst hätte in Ordnung bringen wollen.

Als Ella ihm vor ein paar Jahren eröffnete, dass er Vater geworden sei und sie ihm unvorbereitet Jan in seine starken Arme legte, war er perplex, überfordert und hat so reagiert, wie er nie hätte reagieren wollen.

Er war sprachlos und konnte vor lauter Staunen keine Freude zeigen, und Ella war darüber dermassen enttäuscht, dass sie wenige Minuten später zusammen mit Jan das Weite suchte.

Es war das letzte Mal, als er Ella und seinen Sohn gesehen hat. Seither vergeht kein Tag, an dem er nicht an die beiden denkt und hofft, dass Ella wieder einmal in die Ferien kommt. Aber vermutlich wird sie Denia nun für immer meiden.

Yago weiss nicht, wie er Ella finden könnte. Er weiss nur, dass sie in Bern in der Schweiz lebt, aber er hat weder eine Anschrift noch eine Telefonnummer von ihr.

Spaziert er durch Denia, denkt er wehmütig an die schönsten Wochen in seinem Leben zurück – als er glücklich mit Ella zusammen war. Seine grosse Liebe, die Frau, die er einmal heiraten wollte. Er hat sich immer ausgemalt, wie es sein könnte, wenn er mit ihr eine Familie gründen würde und sie in Denia glücklich zusammenleben könnten – vielleicht hätten sie sogar zusammen in einem Hotel gearbeitet – er in der Küche und Ella an der Rezeption. Im besten Fall hätten sie sogar ein kleines Hotel zusammen geführt – und dann kam alles ganz anders.

Wie gerne würde er die Zeit retour drehen können, er würde vor lauter Freude in Tränen ausbrechen, wenn ihm sein Sohn in die Arme gelegt würde und er würde Ella umarmen und ihr erneut seine ewige Liebe schwören.

Nun sitzt er aber weiterhin in seinem Kutter und lässt seine Netze aus, um sie wenige Stunden später wieder hineinzuziehen. Er macht dies alles lustlos und es gibt Tage, an welchen er sich nicht mehr an den Vortag erinnert, weil jeder Tag dem anderen gleicht. Nur der Wellengang unterscheidet sich zum gestrigen Tag, ähnlich wie seine Laune, und Yago zwingt sich selbst, das Beste aus jedem Tag zu machen.

⁊ᴖᴖᴄ

Aber heute mag das einfach nicht richtig gelingen!

Ihn beschäftigt die letzten Tage ein Ereignis und er könnte sich ohrfeigen dafür!

Er meinte, letzte Woche eine der Freundinnen von Ella gesehen zu haben. Wie hiess sie schon wieder? Marta, oder Mara? Jedenfalls war sie mit dabei, als er Ella kennengelernt hat. Obschon er dazumal nur Augen für Ella hatte, so war er überzeugt, Ella's Freundin vor ein paar Tagen wegen ihres unverkennbaren Gesichts eindeutig wiedererkannt zu haben. Und eigentlich hätte er sie nur fragen müssen, ob sie Ella kenne. Aber, er hat diese einmalige Gelegenheit verpasst, so ein Mist!

Und nun hofft Yago jeden Tag, dass er Mara doch nochmals sieht und beeilt sich darum beim Ausnehmen der Fische, sodass er möglichst früh zurück ist und sich im Dorf nach Mara umsehen kann.

Er suchte schon sämtliche Strände nach ihr ab und jeden Abend tigert er nervös durch das Städtchen in der

Hoffnung, diese Frau nochmals zu finden. Aber leider, ist ihm die vermeintliche Mara bisher nicht mehr begegnet. Ob er heute mehr Glück hat?

Er tuckert mit seinem Kutter vom offenen Meer retour in Richtung Hafen, in Gedanken bei Ella und Jan. Wie es ihnen wohl geht? Ob Ella noch an ihn denkt oder ob sie längst mit einem anderen Mann verheiratet ist? Ob sein Sohn Jan, einem anderen Mann "Papa" sagt? All diese offenen Fragen zerfleischen ihn und er überlegt sich, welche weiteren Möglichkeiten er hätte, Ella endlich finden zu können.

Niemand weiss davon, dass er Vater ist. Er wagte nicht einmal, sich seinem besten Freund Juan anzuvertrauen. Zu gross war seine Angst, dass er die Neuigkeit nicht für sich hätte behalten können, vor allem wenn er wieder einmal, zu viel Alkohol getrunken, hätte. Dann wäre das Geheimnis umgehend zu seinem Bruder gelangt und dieser hätte es sofort seinen Eltern erzählt.

Nicht, dass er sich dafür schämte, Vater zu sein – ganz im Gegenteil – aber seine Eltern würden mit ihm schimpfen, weil er Ella gegenüber so abweisend reagiert hat, als sie mit Jan bei ihm war.

Bei seiner Familie steht die Familie an erster Stelle! Sie hätten sicher grosse Freude an Jan und Ella gehabt, auch wenn seine grosse Liebe keine Spanierin ist. Yago ist davon überzeugt, dass auch sie Ella sofort ins Herz geschlossen hätten – wer nicht!

Manchmal schliesst er seine Augen und probiert sich Ella vorzustellen. Er sieht sie nur noch ganz schwach vor seinen Augen, aber er hört ihre sanfte, trotzdem kraftvolle Stimme und er meint manchmal, ihren Duft zu riechen.

Es kommt auch vor, dass er laut mit ihr spricht, obwohl sie weit weg von ihm ist. Immer wenn er dies tut, fühlt er sich ihr besonders nah – auch wenn er keine Antwort auf seine Fragen bekommt.

Wie alt mochte Jan nun sein? Ob er schon in die Schule ging, ob er ihn vermisst? Ob er überhaupt wusste, dass es ihn gibt?

Es zerreisst ihm fast das Herz bei diesen Gedanken und er muss aufpassen, dass er nicht vor lauter Verzweiflung irgendwann über Bord seines Kutters springt. Es gibt Momente, vor allem wenn die Sehnsucht und der Schmerz besonders gross ist, an denen er nicht mehr leben will. Auch wenn das nur Bruchteile von Sekunden sind, denn er fängt sich jeweils rasch wieder. Dann blitzen Hoffnungsschimmer auf und er malt sich aus, wie es sein würde, wenn er seine liebste Ella und seinen Sohn endlich wieder in seine Arme schliessen könnte. Nie würde er sie wieder loslassen wollen. Aus Hoffnung wächst in solchen Momenten Gewissheit, dass sich sein grösster Wunsch erfüllen wird, und sie sich eines Tages wieder begegnen werden.

Mit diesen positiven Gedanken erreicht er den Hafen – Feierabend für heute und jetzt beginnt die Suche nach der Freundin von Ella.

Zu gross ist die Enttäuschung, als er an diesem Abend desillusioniert nach Hause kommt – er hat die vermeintliche Mara doch tatsächlich wieder gesehen und hat sich gewagt, sie anzusprechen. Aber es war nicht Mara, sondern eine Person aus Deutschland, namens Nicole. Er hätte vor Enttäuschung weinen können – nun hat sich auch diese Hoffnung in Luft aufgelöst und seine Suche beginnt wieder von vorn.

Er zieht sich an diesem Abend ohne Nachtessen in sein Zimmer zurück und holt sein einziges Foto von Ella aus seinem Fotoalbum. Von Jan hat er gar kein Bild, nur noch ein paar Erinnerungen an die paar wenigen Minuten, in welchen er ihn auf seinen Armen halten durfte. Er war so süss, sein Junge, dunkelhaarig wie er, ebenso hatten sie die gleiche Augenfarbe.

Seine Familie und seine Freunde wussten von der Liebesbeziehung zu Ella. Sie haben jeden Sommer miterlebt, wie sich die beiden spontan im Hafen von Denia getroffen haben und seine Mutter Maria wollte Ella unbedingt kennenlernen. Während diesen Tagen war Yago besonders glücklich und man merkte ihm an, wie wichtig ihm dieses Schweizer Mädchen ist.

Alle um ihn herum, haben aber auch beobachtet, wie traurig er in den letzten Jahren geworden ist und wenn seine Mutter ihn fragte, ob er denn nie ein anderes Mädchen kennenlernen wolle, antwortete er trotzig: "Ich will kein Mädchen an meiner Seite haben, ich habe eine Frau – Ella. Sie ist meine grosse Liebe und ich werde nie eine andere Frau an meiner Seite haben wollen."

Immer wieder wiederholt sich diese Fragerei und nie wird er eine andere Antwort geben, auch wenn ihm bewusst ist, dass viele andere junge Frauen um seine Aufmerksamkeit buhlen.

Vor wenigen Wochen hat er sich endlich dazu durchgerungen, ein Smartphone anzuschaffen. Bisher wollte er nichts davon wissen. Aber dann hat er bei seinem Freund Juan fasziniert gesehen, wie einfach man sich mit der Welt vernetzen kann.

Heute nun, sitzt er auf seinem Bett und nimmt dieses Smartphone zur Hand und öffnet die Apps, welche ihm sein Freund eingerichtet hat.

Er wagt sich im "Google" den Namen "Ella" einzutippen und schreibt dazu "Bern". Irgendwie passt aber kein Foto zu diesem Namen. Seine Ella würde aus allen Resultaten herausstechen, davon ist Yago überzeugt. Wenige Minuten später legt er sein Smartphone zur Seite, seufzt und gibt die Online-Suche resigniert auf.

Ob er einfach in die Schweiz reisen sollte, nach Bern und dort nach ihr suchen? Er stellt sich vor, wie er durch die Gassen geht und Ausschau nach ihr halten würde und irgendwo würde er sie erspähen. Oder ob sie gar nicht mehr in Bern wohnt? Oder zusammen mit einem Mann auftauchen würde?

Am nächsten Morgen fährt Yago wie jeden Tag wieder mit seinem Kutter aufs offene Meer und lässt seine Netze aus und macht seinen Job, ebenso übermorgen und alle weiteren Tage.

In Gedanken ist er jeden Tag bei seinen Liebsten und er gibt die Hoffnung auf ein Happy End nie auf.

Auch der nächste Sommer zieht an Yago vorbei und er hat erneut vergebens auf Ella gewartet. Es wird Winter und schon wieder Frühling. Die Zeit plätschert einfach vor sich hin.

Eines Morgens eröffnet Yago seinem Vater, dass er definitiv aufhören wolle als Fischer. Die Schwester von Yago, Isabel, hat sich vor wenigen Tagen verlobt und ihr zukünftiger Mann ist ebenfalls Fischer und möchte expandieren.

Sein Vater schaut ihn mit seinem strengen Blick an und ist anfänglich nicht begeistert von dieser Idee. Die beiden Männer geraten sich ein weiteres Mal in die Haare, aber diesmal wird sich Yago durchsetzen können.

"Also gut mein Junge, dann soll eben Pablo unsere Fischerei übernehmen – er gehört nun ja auch zu unserer Familie."

Yago könnte heute Bäume ausreissen vor Euphorie – endlich konnte er sich losreissen, konnte sich durchsetzen und konnte sich für seine Bedürfnisse stark machen. Nun möchte er endlich als Koch eine Ausbildung in Angriff nehmen. Dazu hat er schon einige Kontakte hergestellt und wenn alles klappt, kann er in einem Hotel ein Praktikum in der Küche absolvieren, hurra.

Wie gerne würde ich diese freudige Nachricht mit meiner Ella teilen, denkt er und malt sich ein weiteres Mal aus, wie es wäre, wenn sie zusammen ein Hotel führen würden.

An diesem Abend passiert es! Yago feiert fröhlich und Juan feiert mit ihm. Juan ist glücklich, dass er seinen Freund endlich wieder einmal so entspannt erlebt und er möchte mit ihm ungezwungen durch die Gassen ziehen.

Als die Sonne am Horizont aufgeht, sitzen die beiden jungen Männer zusammen am Strand von Denia. Der Sand ist schön kühl und sie sind noch längst nicht müde.

Juan hat Yago lange zugehört, wie er ihm von seinen Berufsplänen vorgeschwärmt hat und natürlich war Ella auch Thema – wie eigentlich jedes Mal, wenn sie sich sehen. Juan wird manchmal etwas ungeduldig, wenn er immer wieder die gleiche Geschichte hören muss, weil er Yago längst motiviert hat, im Internet nach Ella zu suchen – aber Yago gibt einfach zu rasch auf und wartet lieber auf den Tag, bis Ella irgendwann nach Denia reist – und was ist, wenn sie nun nie mehr den Weg dorthin macht?

"Juan, ich habe einen Sohn! Er heisst Jan und muss ungefähr sieben Jahre alt sein. Niemand ausser du weiss davon, aber ich muss es endlich aussprechen: Ich habe einen Sohn!"

Juan, nie um eine Antwort verlegen, ist verstummt. Die beiden Freunde sitzen eine gefühlte Ewigkeit still im Sand, jeder in eigene Gedanken versunken.

Irgendwann holt Juan tief Luft und fragt Yago: "Wie lange weisst du schon davon?" Und dann beginnt Yago zu erzählen. Die gesamte Geschichte und seinen Leidensweg seither.

Völlig erschöpft macht Yago eine Pause und Juan packt ihn freundschaftlich an den Schultern und sagt: "Nun macht für mich vieles Sinn, dein Verhalten, deine traurigen Augen mit dem fehlenden Glanz, dein ständiger Rückzug in die eigenen vier Wände – ich kann nun verstehen, warum du dich so verhalten hast."

Noch lange sitzen sie zusammen im Sand – die Sonne ist längst aufgegangen und die beiden setzen sich wenig später in ein nahegelegenes Café und trinken einen starken Espresso.

Auf dem Weg nach Hause vereinbaren die Freunde, vorläufig noch niemanden etwas von Yago's Geschichte zu erzählen.

Yago verlangt denn auch einen Handschlag auf ihr Geheimnis und er sagt zu Juan: "Aber du hältst dicht, auch wenn du wieder einmal zu viel getrunken hast, hast du verstanden? Ich verlasse mich auf dich. Und danke, dass du mein Freund bist und immer zu mir gehalten hast, auch in den letzten Jahren, in welchen ich nicht immer gut gelaunt war!"

"Alles gut, mein Freund", beruhigt ihn Juan. "Du kannst auf meine Verschwiegenheit zählen."

∞

Und dann hat Juan eine Idee – aber davon erzählt er Yago nichts.

Es wird zwar vermutlich ein schwieriges Unterfangen, aber er wird die Freundin von Ella, Lotta suchen, nimmt er sich vor. Irgendwo müsste er noch eine Geburtstagskarte haben, die ihm Lotta vor Jahren mal geschrieben hat.

Die Karte liegt vermutlich in einer der vielen Kisten auf dem Dachstock seiner Eltern.

Wenn ihn nicht alles täuscht, steht dort ihre Anschrift auf dem Umschlag drauf....

21. KAPITEL

Neues Leben

Schon seit zwei Monaten arbeitet Ella im Hotel und Jan ist vor ein paar Wochen eingeschult worden.

Ella erinnert sich wehmütig an ihren ersten Schultag und sie ist froh, dass Jan nicht die gleiche Szene gemacht hat, wie sie dazumal. Er freute sich auf die Veränderung – und war begeistert, als Ella ihm seine neue Heimat zeigte.

Lotta hatte immer noch Semesterferien und half den beiden, ihr Hab und Gut in die Berge zu transportieren. Die ersten Wochen konnten sie in einem Personalzimmer im Hotel unterkommen und die Möbel im Keller des Hotels unterstellen. "Wir suchen euch eine passende Wohnung", versprach ihr der Hoteldirektor. Nur stellte sich heraus, dass es gar nicht so einfach war, eine geeignete Wohnung zu finden.

Nach dem ersten Schultag kam Jan ins Hotel angerannt, zusammen mit Fadri dem Sohn des Dorfarztes. "Das ist Fadri", ruft Jan und Fadri lacht spitzbübisch mit seiner Zahnlücke zurück. "Wir sind Freunde und werden es für immer bleiben", verkünden sie freudestrahlend. Ella schaut Lotta voller Zuversicht an und blinzelt ihr zu und ohne Worte, scheint Lotta zu verstehen, was ihr Ella damit sagen wollte: *Ich hoffe fest für Jan und Fadri, dass sie genauso eine tiefe Freundschaft aufbauen können, wie wir.*

Es ist ein warmer September Samstagnachmittag. Heute ist im Hotel besonders viel los. Viele Gäste checken ein und aus und im Service gibt es einen personellen Engpass.

Ella wurde kurzfristig angefragt, ob sie nach dem Check-in im Service aushelfen könne. Lotta ist die letzten Tage bei ihnen und freut sich, nochmals ein paar Stunden mit Jan alleine zu verbringen. "Ja, klar. Wenn du dafür am Sonntag frei hast und wir nochmals etwas zusammen unternehmen können, passt das. Ich schaue gerne auf Jan und es freut mich, dass du so vielseitig eingesetzt werden kannst. Du gehörst in dieses Hotel und du bist so beliebt bei den Mitarbeitenden und Gästen, da macht die Arbeit sicher grosse Freude". "Danke, und genau so ist es", bestätigt Ella.

Auf der Terrasse kommen und gehen die Gäste.

Ella ist in ihrem Element – nie wirkt sie gestresst, sondern schenkt jedem Gast ein Lächeln und die volle Aufmerksamkeit. Es ist faszinierend wie es ihr gelingt, den Überblick zu behalten und sie staunt selbst, wie gut sie sich fokussieren kann. Sie strahlt eine unglaubliche Präsenz aus und kanalisiert die Energie auf die Erfüllung ihrer Aufgaben und verliert keine Energie, um über die viele Arbeit zu jammern. Die vielen Gäste lösen in ihr ein Gefühl der Euphorie aus und die Wertschätzung der Gäste und ihrer Vorgesetzten, verleihen ihr Kraft und Eleganz, was sich auf das Wohlbefinden der Gäste überträgt.

Am Tisch Nr. 64 sitzt eine 6-köpfige Mountainbike-Gruppe. Ella kann nicht genau ausmachen, wer zu wem gehört, denn die Personen sitzen nicht paarweise zusammen. Sie merkt jedoch, dass sich diese Sportler gut kennen und wohl langjährige Freunde sein müssen. Sie sind bester Laune, lachen und erfreuen sich ab dem wohlverdienten Bier.

Ella gefällt die Lockerheit dieser Gruppe und nimmt sich vor, die Region auch mal mit dem Bike zu erkunden. Sicher hat auch Jan Freude daran, seine Fahrkünste hier zu trainieren.

Beim Einkassieren findet Ella kurz Zeit, sich mit einer Person aus der Gruppe zu unterhalten und die Frau fragt Ella, ob im Hotel noch Platz sei für ein Nachtessen für sechs Personen.

Ach, das wäre schön, wenn diese aufgestellten Freunde hier essen würden. Ihr gefällt es, solch fröhliche Gäste bewirten zu dürfen. Schnell ist ein freier Tisch gefunden und die Freunde werden nach einer wohlverdienten Erfrischung, im Hotel das Nachtessen einnehmen.

Dazwischen bleibt Ella kaum Zeit zum Verschnaufen. Der Abend ist noch lang und sie merkt, dass die Füsse vom vielen Laufen schmerzen. Eine kleine Pause später steht sie bereits wieder im Einsatz und nimmt die Gäste in Empfang – so auch die Gruppe von vorher.

Die Freunde sind in ausgelassener Stimmung. Ella begleitet sie an ihren Tisch und wird sie an diesem Abend betreuen.

Einige Stunden später, nachdem fast alle Gäste gegangen sind, erkundigt sich Ella, ob sie ihnen noch etwas bringen könne. Bevor sie die letzte Bestellung aufnehmen kann, erhält sie von ihnen ein grosses Kompliment. Sie seien hocherfreut, mit was für einem herzlichen Einsatz sie von ihr bedient worden seien und ob sie schon lange hier arbeite. Ihrem Dialekt nach sei sie ja wohl keine Bündnerin.

Ella kann sich erlauben, ein paar Minuten mit den Gästen zu reden und sie erzählt in wenigen Sätzen, wie es dazu gekommen ist, dass sie nun hier arbeitet. Sie erzählt auch, dass sie noch auf Wohnungssuche und ihr Sohn Jan frisch eingeschult worden sei.

Eine der Frauen, eine äusserst herzliche Person, schaut ihren Mann an und wendet sich nachher an Ella. "In unserem Mehrfamilienhaus wird in den nächsten Tagen eine Wohnung frei. Sie können uns Ihre Telefonnummer geben, die wir gerne dem Vermieter weiterleiten, der hätte sicher Freude, wenn Sie mit Ihrem Sohn dort einziehen würden." Hocherfreut gibt ihnen Ella ihre Nummer und fällt an diesem Abend zwar müde, aber mit einem Lächeln im Gesicht ins Bett. Nicht einmal einen Wecker stellen mag sie – sie will nur noch schlafen.

Nie zu träumen gewagt hätte Ella, jemals in einer solch schönen Wohnung leben zu dürfen. Genau passend für sie und ihren Sohn und das Schönste an dieser Wohnung: ein grosses Fenster mit einer Fensterbank zum Verweilen.

Sie steht vor dem Fenster, schaut in die schöne Natur und stellt sich vor, wie sie an kühlen Wintertagen mit einer Tasse Tee auf der Fensterbank sitzt und in den meterhohen Schnee schaut – und vielleicht kommt sogar mal ein Reh vorbei?

Schnell sind sich die Parteien einig und wenige Tage später, ziehen Jan und Ella in diese Wohnung ein.

Und wer hilft ihnen beim Umzug? Na klar, die neuen Nachbarn vom unteren Stock. Wer hätte gedacht, dass auch das Finden einer Wohnung schlussendlich doch so rasch und unkompliziert wird? Ella bedauert, dass sie ihre Nachbarn und ersten Freunde in den Bündner Bergen nur zwischendurch sehen wird, da sie die Wohnung nur als Ferienwohnung nutzen. Trotzdem schön zu wissen, dass da schon Personen sind, auf die man in der Not zugehen könnte. Sie haben ohne Weiteres ihre Hilfe angeboten, falls sie mal Unterstützung bräuchten.

Wenige Wochen später steigt die grosse Einweihungsparty mit Lotta, ihren Eltern, Marc, ihrer Schwester und den Nachbarn – wenn das kein guter Neustart in den Bergen ist? *Alles wird gut*, denkt Ella und dankbar schaut sie sich in ihrer neuen Wohnung um. All meine Liebsten sind da – nur Yago fehlt.

Ob Marc diese Lücke irgendwann schliessen kann? Sie beobachtet ihn aus der Ferne und spürt Zuneigung und Distanz gleichzeitig. Was ist es, was sie zögern lässt? Just in diesem Moment dreht sich Marc zu ihr um und lächelt sie zärtlich an.

22. KAPITEL

Seerundgang

Der Sommer ist vorüber, die Herbstblätter vergolden den Wald und beim Spazieren lässt es sich wunderbar mit den gefallenen farbigen Blätter Fussball spielen.

Ella ist eine Woche alleine zu Hause – Jan durfte zu seinen Grosseltern nach Bern in die Ferien.

Sie arbeitet diese Tage reduziert und nutzt die freie Zeit zur Erholung. Es liegen intensive Wochen und Monate hinter ihr. Häufig erwacht sie mitten in der Nacht und meint, dass sie all das Schöne der letzten Monate nur geträumt hat – annehmen zu dürfen, dass sich ihr Leben wieder "kinder"leicht anfühlt, muss zuerst wieder gelernt werden.

Und trotzdem fühlt sich der heutige Spaziergang rund um den See weniger entspannt an als noch letzte Woche.

Heute Abend steht ein Gespräch mit Marc an. Er kommt extra in die Bündner Berge, weil er ihr etwas Wichtiges mitteilen möchte.

Seine Stimme klang erschöpft und der gewohnt fröhliche Ton in seiner Stimme, vermisste Ella.

Was war geschehen? Er wollte am Telefon nicht ins Detail gehen, aber sie vermutet, dass sich zwischen ihnen etwas ändern wird.

Hat sie sich zu viel Hoffnungen gemacht? Oder war sie am Ende gar nicht in ihn verliebt, sondern genoss einfach die Aufmerksamkeit, die Marc ihr schenkte?

In den letzten drei Monaten haben sie fast täglich miteinander telefoniert und er besuchte sie und Jan regelmässig in den Bergen. Nichts hat sich daran geändert, dass sie sehr gerne in seiner Gesellschaft ist und es entwickelte sich eine Freundschaft. Sie beide tragen einen Rucksack, gefüllt mit verletzten Gefühlen aus Beziehungen, aber eigentlich hatte sich zwischen ihnen alles sehr harmonisch angefühlt. Deswegen fühlt sich Ella verunsichert und auch ratlos, was sie heute noch erwarten wird.

Wie gerne würde sie sich jetzt mit Lotta austauschen und ihre Meinung einholen, was sie von diesem Gespräch halten soll. Lotta weilt aber zurzeit mit Kollegen auf einer Studienreise und ist dort kaum erreichbar. Wie schwer es doch ist, wenn man Hilfe oder einen Rat bräuchte, aber die Vertrauensperson nicht zur Stelle ist. Lotta ist in diesen Themen ihre Vertrauensperson Nr. 1. Nur sie kennt Ella auf dieser Ebene so gut und vor allem kann Ella mit der ehrlichen Meinung von Lotta immer gut umgehen.

Was passiert, wenn sich Marc wieder aus ihrem Leben schleichen würde? *Ella, wärst du am Boden zerstört?* fragt sie sich. Und immer wieder hört sie ihre innere Stimme, die ruhig zu ihr sagt: *Nein, es wäre kein Drama. Du liebst Marc nicht wirklich – du magst ihn als Freund, aber nicht als Partner an deiner Seite.* Stimmt das wirklich? Darf sie ihrer inneren Stimme Glauben schenken oder ist das nur Einbildung oder gar ein Ablenkungsmanöver? Ella ist verunsichert. Sie lässt diese ambivalenten Gefühle zu und probiert den Spaziergang rund um den See trotzdem zu geniessen.

Auf einmal spürt sie eine aufkommende Energie und ein Bedürfnis loszurennen, ein Bedürfnis zu jubeln und zu singen. Erstmals seit Monaten läuft sie und läuft und läuft, als gäbe es kein Halten mehr.

Marc, du bist mein bester Freund, aber wir werden nie ein Paar werden. Mir ist die Freundschaft zu dir viel zu wichtig, als dass ich sie mit einer Liebesbeziehung gefährden möchte. Diese Worte wirbeln im Kopf von Ella und egal, was Marc ihr heute mitteilen möchte, ihr Herz kann sie ihm nicht schenken. So viel steht für sie fest! Ihr Herz gehört nur einem Mann – Yago.

Ausser Atem umrundet Ella den See und entscheidet sich, eine weitere Runde zu spazieren.

Den Nachmittag verbringt sie zu Hause. Sie hofft, dass Marc ihre Entscheidung gut aufnehmen wird und vor allem wünscht sie sich, dass Marc die Situation gleich sieht und ihr heute nicht seine Liebe gestehen möchte – das wäre echt blöd.

Sie schmunzelt, als sie an ihre erste Begegnung in Weesen zurückdenkt. Es war so schön, den Abend mit ihm zu verbringen, ebenso das Nachtessen in Chur und die vielen lustigen Momente an ihrem neuen Wohnort. Marc half ihr, die letzten Möbel zusammenzubauen; er spielte liebevoll mit Jan auf dem Spielplatz und der gemeinsame Bike-Ausflug hat allen gutgetan.

Jan fragte dazumal: "Wird Marc mein Papi werden? Ich mag ihn sehr." Ella schaute Jan in die Augen und antwortete ihm schon damals: "Ich weiss es nicht, vermutlich nicht. Marc ist ein wunderbarer Freund, aber ich kann mich irgendwie nicht in ihn verlieben. Ich möchte ihn als Freund nicht verlieren – dein Vater wird er aber wohl nie werden."

Ella kommt vollkommen erschöpft nach Hause und hat das Bedürfnis, einen Moment zu schlafen. Es dauert noch einige Stunden, bis Marc auftauchen wird. Sie dreht sich im Bett, stellt den Wecker und gönnt sich diese Ruhe und Erholung.

23. KAPITEL

Schweden

Nun stehen sie sich gegenüber. Ella und Marc! Es könnte alles ganz einfach sein, sie könnten sich in die Arme fallen, könnten sich ihre Liebe gestehen und sie hätten alle Möglichkeiten einer gemeinsamen Zukunft.

Sie schauen sich an und es ist Marc, der den Schritt auf Ella zugeht, sie umarmt und sagt: "Es tut mir leid."

Ella löst sich aus der Umarmung und schaut Marc an. "Was tut dir denn leid?" möchte sie wissen.

"Lass uns zuerst in die Wohnung gehen", entgegnet ihr Marc. Sie setzen sich an den Tisch und Ella bringt Wasser und Kaffee.

"Wie sehr habe ich mich gefreut, dich getroffen zu haben. Du warst mir von Beginn weg sehr sympathisch und du hast es geschafft, dass ich mich dir gegenüber rasch öffnen und von meiner Vergangenheit erzählen konnte. All die Treffen mit dir, sei es in Weesen, Chur oder hier oben, haben mir sehr gefallen und ich bin extrem gerne mit dir und auch mit Jan zusammen. Du bist eine umwerfende Frau und es wäre das naheliegendste, wenn wir unsere Vergangenheiten über Bord werfen und zusammen eine Zukunft aufbauen würden."

"Ella, ich möchte dir nicht zu nahe treten, aber ich meine zu spüren, dass es in deinem Leben nebst Jan nur Yago gibt und solange du nicht weisst, was mit ihm ist, wird kein anderer Mann Einlass in dein Herz bekommen. Stimmts?

Aber der Hauptgrund, warum ich heute hier bin, ist ein anderer.

In den letzten Tagen haben sich die Ereignisse überschlagen – ich fand kaum Zeit zum Schlafen, weil ich vieles entscheiden und organisieren musste.

Machen wir es kurz: Ich habe ein Jobangebot in Schweden erhalten und könnte in der Nähe meiner Mädchen leben. Ich habe mit Frida und den Girls Gespräche geführt und sie freuen sich, wenn ich in ihre Nähe ziehen würde. Auch die Stellenbeschreibung entspricht vollumfänglich meinen Vorstellungen. Ich habe mich darum entschieden, diesen grossen Schritt zu wagen und auszuwandern.

Ob Frida und ich nochmals eine Chance kriegen, ist für mich aktuell sekundär. Dennoch habe ich in den letzten Monaten erkannt, dass mein Herz immer noch ihr gehört.

Gerade die Gespräche mit dir und die Parallelen zu unseren unerfüllten Liebesbeziehungen mit unseren Ex-Partnern haben mir gezeigt, dass es an der Zeit ist, der Wahrheit auf den Grund zu gehen.

Und ich lade dich ein, ebenfalls herauszufinden, was mit Yago wirklich passiert ist. Wir dürfen nie aufhören, an die Liebe zu glauben und wir sollten unseren inneren Stimmen folgen und dorthin gehen, wohin unser Herz uns trägt.

Mein Herz trägt mich in die Nähe von Stockholm und du solltest die Suche in Denia nach Yago auch wieder aufnehmen. Mich würde es fest freuen, wenn du die Spuren aufnehmen könntest und ihr im besten Fall wieder zusammenkommt und Jan seinen Vater kennenlernt.

Ich hätte Jan "nur" ein Freund sein können – Vater hat er bloss einen: Yago."

Ella traut ihren Ohren kaum. Auf diese Neuigkeit war sie nicht vorbereitet gewesen und sie ist hin- und hergerissen, was sie nun von davon halten soll.

Gegenwärtig fühlt sie sich leer und auch leicht nervös. Sie kann sich einfach nicht vorstellen, dass der Kontakt zu Marc nun so abrupt enden soll.

"Gib mir bitte ein paar Minuten, ich muss kurz an die frische Luft gehen. Ich habe mir heute viele Gedanken darüber gemacht, was du mit mir besprechen möchtest.

Aber nie wäre ich auf die Idee gekommen, dass du die Schweiz verlässt."

Ella verschwindet für ein paar Minuten nach draussen und ordnet das Chaos in ihrem Kopf neu.

"Ach, Marc. Ich werde dich einfach schmerzlichst vermissen. Dass aus uns kein Liebespaar wird, das sehe ich gleich.

Dich nun als Freund wieder loszulassen, kann ich mir hingegen noch nicht wirklich vorstellen und das schmerzt. Ich mag dich so gut und deine News lösen bei mir Angst aus, dass sich unser Kontakt in Luft auflöst, sobald du wieder bei deiner Familie bist.

Mich freut es von Herzen, dass du wieder in der Nähe deiner Liebsten sein kannst und wenn Frida und du nochmals eine Chance bekommt, dann greif zu.

Aber du wirst Jan und mir sehr fehlen! Schon nur eine Umarmung von dir und die spannenden Gespräche, die werde ich unglaublich vermissen.

Aber du hast den Nagel auf den Kopf getroffen! Ich muss Yago finden. Nicht nur meinetwegen, sondern auch wegen Jan, muss ich endlich Ordnung in unser Leben bringen und darum werde ich die Suche nach ihm wieder aufnehmen, abgemacht.

Marc, bitte versprich mir, dass wir sporadisch in Kontakt bleiben – du bist mir innerhalb der kurzen Zeit sehr ans Herz gewachsen. Ich möchte wissen, wie es mit euch weitergeht und vor allem möchte ich dir zur Seite stehen, wenn du mal einen Ratschlag brauchst oder einfach jemanden zum Reden suchst.

Ich kann es bis jetzt nicht fassen. Wann wirst du abreisen?"

Marc schaut Ella liebevoll an und antwortet: "Bereits übernächsten Samstag. Ich werde in den nächsten Tagen meine Wohnung auflösen und einen Teil des Mobiliars mit einem Camion nach Schweden fahren. Nachher komme ich mit dem Camion retour in die Schweiz und werde anschliessend mit dem PW definitiv losfahren. In ungefähr vier Wochen beginne ich mit meiner Arbeit und freue mich darauf.

Es fällt mir aber auch schwer, die Schweiz zu verlassen.

Mich von meiner Familie und meinen Freunden zu verabschieden, wird schwierig werden. Insbesondere wird mir auch der Abschied von dir zusetzen. Darum hoffe ich auch, dass wir in Kontakt bleiben und ihr uns mal in Schweden besucht. Ich könnte mir sogar vorstellen, dass meine Mädchen Freude an Jan hätten. Vielleicht ergibt sich das mal."

Noch fühlt sich alles so unreal an und trotzdem weiss Ella, dass Marc die richtige Entscheidung getroffen hat. Freundschaft mag viel ertragen und darum probiert sie optimistisch, tapfer und resilient zu bleiben.

Dass sie Marc das Versprechen abgegeben hat, die Suche nach Yago zu starten hingegen, löst noch ein flaues Gefühl in der Magengegend aus.

24. KAPITEL

Papa

Die Monate ziehen rasch vorüber. Ella und Jan sind in ihrer neuen Heimat längst angekommen und fühlen sich in allen Bereichen wohl.

So wie mein Leben aktuell ist, so darf es gerne weiter bleiben, denkt Ella jeden Tag. Sie ist dankbar dafür, dass sie auf ihre innere Stimme gehört hat, die sie in die Berge gerufen hat und sie ist für all die offenen Türen dankbar, welche sich in den letzten Monaten geöffnet haben.

Die Arbeit im Hotel, die Wohnung, die innere Ruhe von Jan in der Schule und im Umgang mit seinen neuen Freunden, all dies geben Ella Stabilität und die Möglichkeit, endgültig wieder zu ihrer Natur zurückzukehren und ihren Alltag mit der so schmerzlich vermissten Leichtigkeit zu gestalten.

Dass nun ihre Eltern fast monatlich einmal Gast im Hotel sind, freut Ella und Jan. Das ermöglicht ihnen, sich weiter anzunähern.

Ihre Mutter hat unterdessen die Kanzlei in andere Hände gegeben und hat sich komplett aus dem anwaltlichen Geschäftsleben zurückgezogen. Sie ist im regen Austausch mit Eliane, ihrer Freundin aus Winterthur. Ihr tut es immer noch gut, sich mit ihr zu unterhalten und die beiden Frauen planen eine mögliche Zusammenarbeit.

Ihnen schwebt die Gründung einer Stiftung vor, mit einem breit abgestützten Stiftungszweck im Bereich der Förderung von Kindern mit besonderen Bedürfnissen.

Geplant ist zudem, Tina einzubeziehen. Sie verfügt über die nötigen therapeutischen Erfahrungen und ist bereit, sich die Geschäftsidee von Eliane und Katja anzuhören. Hierzu werden sich die drei Frauen in den nächsten Tagen zu einem Austausch im Hotel von Ella treffen.

Ella ist gespannt, was aus dieser Geschäftsidee entstehen wird und sie freut sich, dass ihrer Mutter der Ausstieg aus der Anwaltskanzlei so gut gelungen ist.

❦

Und dann gibt es etwas, was Ella endlich ansprechen muss. Jan ist nun gross genug, die Lebenssituation stabil und der Zeitpunkt einfach richtig: Was ist mit dem Papa von Jan?

In den letzten Wochen hat Ella die paar wenigen Fotos, welche sie von Yago hat, aus der Schachtel genommen.

Weiter hat sie Fotos von früheren Ferien aus Denia zusammengesucht, um Jan ein paar Impressionen der Heimat seines Vaters zu zeigen. Und sie hat ein Wochenende abgewartet, an welchem Lotta bei ihnen weilt.

Lotta wird, während Ella Jan von seinem Vater erzählt, nicht dabei sein; dafür wird sie später wieder zu ihnen stossen, sodass sie vermitteln könnte, falls Jan aufgelöst sein sollte. Lotta ist psychologisch unterdessen so gut ausgebildet, dass sie sich in der Lage fühlt, ihnen zur Seite zu stehen.

❦

Jan weiss, dass seine Mutter ihm endlich die Geschichte über seinen Vater erzählen wird. Er freut sich sehr darauf und ist froh, wenn er endlich mehr über seinen Papa erfahren darf.

Lotta hat die Wohnung verlassen und Ella setzt sich mit ihrem Sohn auf ihre Sofa-Lounge.

In der letzten Nacht hat es viel geschneit, die Sonne scheint wunderschön in die Wohnung und das Glitzern des

Schnees verleiht dem Garten den Anschein, im Märchenland zu leben.

"Wir sind hier im tiefen Schnee", beginnt Ella. "Dein Papa Yago hingegen, wohnt am Meer", spricht sie weiter.

Sie zeigt ihm ein erstes Foto von Yago. Es fällt ihr erneut auf, wie ähnlich sich die beiden sehen.

Jan schaut das Bild lange an und Ella kommt es so vor, als würde Jan probieren, eine Verbindung zu Yago herzustellen. Er schaut das Bild von verschiedenen Blickwinkeln an und in seinen Augen funkelt es pure Liebe. "Mein Papi ist ein starker Mann", das sein erster Kommentar.

Anschliessend erzählt ihm Ella die ganze Geschichte und wie sie sich ewige Liebe schworen.

Dass sie schwanger wurde und ihn aber nicht kontaktieren konnte, weil sie weder seinen Nachnamen kannte, noch wusste, wo er wohnte. Und sie schildert den Moment, als sie mit ihm, seinen Papi in Denia aufsuchten, und zwar auf ihn trafen, er aber überrascht und abweisend reagierte.

Ella sah in die traurigen Augen von Jan, der es nicht verstehen konnte, dass sein Vater nicht freudig auf die Neuigkeit reagierte, dass es ihn gab.

Ella war dankbar, die richtigen Worte zu finden, um Jan nicht das Gefühl zu geben, dass dies gegen ihn gerichtet war, sondern vielmehr Yago überfordert war. Aus Yago's Reaktion interpretierte sie, dass er sich unterdessen in eine andere Frau verliebt hatte und es für ihn unpassend war, nun Vater zu sein.

Ella war dankbar, dass das Gespräch so offen war und Jan so tapfer zuhörte und spürte, dass sein Vater ganz ein feiner Mensch ist und es ihr gelang, Jan das Versprechen abzugeben, erneut nach Yago zu suchen.

"Können wir nicht wieder nach Denia in die Ferien gehen und Papi suchen?"

Bei diesem Satz erschrak Ella kurz, denn daran hatte sie auch schon gedacht. Sie wollte aber Jan davor schützen, bei Yago erneut auf Ablehnung zu stossen. Darum antwortete sie ihm: "Das können wir vielleicht schon mal machen, aber vorher möchte ich ihn kontaktieren können, nicht dass wir ihn wieder mit einem Überraschungsbesuch überfordern."

Weiter erzählte Ella, dass sie bereits über Social-Media-Kanäle probiert hat, ihn zu finden, was leider bisher nicht gelang.

"Aber da, wo Papi wohnt, da gefällt es mir und wenn wir Papi gefunden haben, möchte ich jeweils im Sommer dorthin in die Ferien gehen."

Ella hätte sich im Traum nicht vorstellen können, dass Jan so entspannt und sehr interessiert zuhören kann. Sie ist dankbar, dass er alles ohne Groll aufgenommen hat.

Er kuschelt sich bei ihr ein und sagt fröhlich: "Ich habe dich lieb, Mami", und hält das Foto seines Vaters immer noch fest in der Hand. "Dieses Foto möchte ich neben meinem Bett aufstellen, sodass ich Papi jeden Morgen und jeden Abend auch ein Küsschen geben kann." Mit einer Träne in den Augen, streicht Ella Jan durch seine schwarzen, dichten Haare und verspricht ihm, einen passenden Fotorahmen zu kaufen und fortan wird Yago einen sichtbaren Platz auch im Leben von Jan bekommen.

☙

Lotta kehrt zurück in die Wohnung von Ella und Jan und ist erfreut, sie so glücklich und entspannt anzutreffen.

"Schau Gotti, das ist mein Papi", strahlt Jan.

Lotta umarmt den unsagbar hübschen Bub und gibt ihm einen Kuss auf die Wange. "Ja, das ist dein Papa, ich kenne ihn auch und du siehst ihm sehr ähnlich. Er wäre stolz auf dich und ich hoffe, dass du ihn irgendwann kennenlernen wirst."

"Mami, wird ihn suchen, vielleicht ist er ja bei Facebook", antwortet Jan optimistisch. Verschwindet in sein Zimmer und stellt das Foto seines Vaters neben sein Bett. "Ich habe mega Hunger, gehen wir etwas essen?", tönt es wenige Minuten später.

Der Abend ist schön und Ella ist erleichtert, dass alles so harmonisch gelaufen ist. Völlig zu Unrecht hat sie sich Sorgen gemacht und dieses Gespräch viel zu lange aufgeschoben.

Es war ihr Unvermögen, darüber zu reden, nicht das Unvermögen von Jan. Sie bringt das Bild nicht mehr zum Kopf raus, mit welch zärtlichem Blick, Jan das Foto seines Papi's bestaunt hat. Das hat sie zutiefst berührt und sie ist bestrebt, die Suche nach Yago erneut aufzunehmen.

25. KAPITEL

Der Anfang der Suche

"Hallo Ella, alles klar bei euch?" Zum Glück ist der Kontakt zu Marc nicht abgerissen, obwohl er schon fast ein Jahr in Schweden lebt. Das Einleben dauert zwar immer noch an und er kämpft vor allem in den Wintermonaten gegen die Dunkelheit, die auch aktuell in seiner neuen Heimat herrscht. Ansonsten geht es ihm gut und seine beiden Töchter sind glücklich, ihren Papa wieder in der Nähe zu wissen. Ob Frida und Marc nochmals als Paar zusammenkommen – das steht noch in den Sternen, aber erste Annäherungen hat es erfreulicherweise bereits gegeben.

"Hej Marc, schön rufst du mich an, ich kann deinen Rat gebrauchen."

Und dann erzählt sie ihm vom Gespräch mit Jan und wie gut er die Geschichte über seinen Vater aufgenommen hat. Weiter erzählt sie ihm von Jan's neuem Ritual, indem er jeden Morgen und jeden Abend das Foto von Yago küsst und mit ihm redet und es sei schon vorgekommen, dass sie etwas gelauscht habe, was Jan seinem Vater erzählt. Es sei herzerwärmend, mit was für Worte er ihm von seinen Erlebnissen berichtet und lustigerweise rede Jan schon mehr Bündner, statt Berner Dialekt. Weiter berichtet sie Marc, vom Versprechen an Jan, endlich nach Yago zu suchen.

"Glaub mir, das wird ein schwieriges Unterfangen. Ich habe bereits einige Recherchen vorgenommen, aber bis jetzt konnte ich ihn über die Social-Media-Kanäle nirgends finden. Es ist bedenklich, wie wenig ich eigentlich über ihn weiss, auch wenn ich über mehrere Jahre mit ihm in Kontakt gestanden bin. Yago hat sehr wenig von sich preisgegeben. Er schämte sich für seine soziale Herkunft und hielt mich darum immer auf Distanz. Wie gerne hätte ich gewusst, wo und wie er wohnt und hätte gerne seine Familie kennengelernt. Meist haben wir uns draussen getroffen oder auf seinem Kutter, vielleicht mal mit seinen Freunden."

"Weisst du denn, ob er Geschwister hat oder was seine Eltern beruflich gemacht haben?", erkundigt sich Marc.

Ella probiert sich zu erinnern und weiss, dass Yago mindestens eine Schwester und einen Bruder hat, aber ihr fallen die Namen seiner Geschwister nicht ein.

Sein Vater war ebenfalls Fischer, und über seine Mutter weiss Ella so gut wie nichts.

"Ich finde, du darfst die Suche nicht aufgeben, nur weil du ihn über die Social-Media-Kanäle nicht finden kannst", meint Marc. "Ich weiss, es wäre eben wesentlich einfacher gewesen, aber vermutlich hast du recht. Ich werde nicht umhinkommen, die Suche auszuweiten und mir etwas Neues einfallen zu lassen. Ich halte dich auf dem Laufenden und wenn du eine neue Idee hast – lass es mich bitte wissen." Sie verabschieden sich und vereinbaren, demnächst wieder zu telefonieren.

Marc überlegt sich lange, ob er etwas dazu beitragen könnte, Yago zu finden und entscheidet, sich darüber Gedanken zu machen – so schwer kann es doch nicht sein, Yago zu finden.

Ella ihrerseits spricht nun vermehrt mit Jan über seinen Vater, aber ihr strenger Alltag im Hotel lässt eine aktive Suche nach dem Vater ihres Sohnes einfach nicht zu.

Manchmal setzt sie sich spätabends noch vor ihren Computer und recherchiert in den verschiedenen Social-Media-Kanälen.

Einmal meinte sie auf einer heissen Spur zu sein – sie ist schon kurz davor, eine Nachricht zu verfassen und auf Spanisch übersetzen zu lassen. Bevor sie die Nachricht abschickt, stellt sie allerdings fest, dass es sich um eine Fischerfamilie mit Nachnamen "Yago" handelt – also Fehlanzeige. Sie hat auf dieser Website ein Foto eines jungen Burschen entdeckt, der gut als Bruder von Yago hätte durchgehen können – aber eben beim Nachnamen scheitert ihr Sucherfolg.

26. KAPITEL

Jan's Geburtstag

Der Samstagmorgen ist sonnig, draussen ist es kalt und viel Schnee liegt rund um die Wohnung von Ella und Jan.

Heute Abend kommen die Eltern von Ella, Hanna mit ihrer Familie und Lotta, um den 8. Geburtstag von Jan zu feiern. Eben hat Ella die Vorbereitungen abgeschlossen, der Tisch ist gedeckt und alles Notwendige ist eingekauft.

Ella sitzt mit einer grossen Tasse Tee auf ihrer Fensterbank und lässt sich von der Sonne streicheln. Sie schliesst die Augen und atmet tief ein und fühlt sich glücklich und dankbar.

Morgen nun wird ihr Sohn Jan schon 8-jährig. Sie macht eine Gedankenreise und mit einem Lächeln auf ihrem Gesicht erinnert sie sich an Jans Geburt und die vielen wunderschönen Erlebnisse. Ihr Herz wird warm, als sie erkennt, wie reich ihr Leben doch ist. Die Versöhnung mit ihrer Mutter ist ein unbezahlbares Geschenk, die Liebe zu ihrem Sohn Jan ist grenzenlos, ebenso die Dankbarkeit, dass sie einen solch tollen Job im Hotel wahrnehmen darf.

Ist sie ruhig genug, hört sie ihr Herz sprechen und nimmt eine leise Stimme wahr, die ihr zu flüstert: *Dein Leben ist perfekt, ausser* ....

Aufgeschreckt aus ihrem Tagtraum wird Ella, als es an der Haustüre klingelt. Wer das denn sein mag?

Verwirrt steht Ella auf, hüpft dennoch leichtfüssig zur Tür und öffnet sie. Ihr Herz scheint einen Moment stillzustehen, als sie erkennt, wer ihr gegenübersteht.

Sie lächelt verlegen und sagt leise: "Komm herein."

Ende

Ewige Liebe

Yago sitzt mit Ella am Strand von Denia, den Arm über ihre Schultern gelegt und sie schauen auf das ruhige Meer.

Jan ist dieses Jahr das erste Mal nicht mit nach Denia gereist und das Ehepaar Ella und Yago geniessen die Zweisamkeit.

Yago fühlt sich in der Schweiz wohl, spricht unterdessen perfekt Deutsch und konnte seinen Berufswunsch als Koch längst realisieren. Und trotzdem gehört ein grosser Teil seines Herzens weiter hierhin.

"Irgendwann werden wir den Winter in Denia verbringen", verspricht Ella und lächelt ihren Mann zärtlich an – irgendwann.

Yago schaut Ella tief in die Augen und flüstert:

"Iré contigo hasta el fin del mundo, esencial es que seamos felices juntos.

Te agradezco de corazón que me hayas perdonado. No, me arrepiento ni un solo instante de haber decidido encontrarte. Tú eres mi vida y mi gran amor, y estoy eternamente agradecido de que nuestra búsqueda haya llegado a su fin.

Te amo con toda mi alma."

"Ich werde mit dir bis ans Ende der Welt gehen, Hauptsache, wir sind glücklich zusammen.

Ich danke dir, dass du mir vergeben hast.

Keinen Moment bereue ich den Entschluss, euch aufgesucht zu haben.

Ihr seid mein Leben und meine Liebe und ich bin unendlich dankbar dafür, dass die Suche für uns ein Ende hat. Ich liebe dich."

Vielen Dank

Sie halten den Erstling von Lisa Anliker in den Händen. Ist Ihnen aufgefallen, was der Autorin wichtig ist?

Sie vertraut in ihrem Leben auf die Kraft der Liebe, der Familie, der Freundschaft, des Friedens, der Heilung, der Vergebung und den Glauben an die Schöpfung – jeder Mensch ist ein Wunder und der Autorin war es wichtig, verschiedene Charaktertypen zu skizzieren.

Sie möchte damit aufzeigen, wie einzigartig jeder Mensch ist und wie sich doch gewisse Verhaltensweisen und Charaktereigenschaften wiederholen. Ist es Lisa Anliker gelungen, dass Sie sich sogar in einem der Protagonisten erkennen?

Die Autorin ist der Ansicht, dass man nie die gesamte Geschichte eines Menschen kennt und obwohl man vielleicht das Verhalten einer Person nicht in jeder Situation nachvollziehen kann, sollten wir doch probieren, jeden Menschen in seiner Einzigartigkeit strahlen zu lassen.

Kommt es im Miteinander doch zu Konflikten, dann wünscht sich die Autorin einen reifen Umgang damit und die Stärke, um den Menschen, die man gerne hat, möglichst immer wieder zu verzeihen. Wer schon mal das befreiende Gefühl erlebt hat, wenn man einem Menschen vergeben hat – der weiss, was Lisa Anliker damit meint. Denn wenn wir jemanden vergeben, machen wir auch uns selbst ein grosses Geschenk – wir erlangen inneren Frieden.

Die Autorin ist fest davon überzeugt, dass jedem Menschen einen höchstpersönlichen "Kern seiner Natur" geschenkt wurde, etwas, was ihn einzigartig macht. Und wir sind eingeladen, sich zum Ziel zu setzen, diesen Kern zu leben, ungeachtet der Lebensumstände und der Erfahrungen in Familie, Schule, Beruf und Beziehung.

Haben Sie vergessen, was der Kern Ihrer Natur ist, dann schliessen Sie Ihre Augen, suchen sich einen Ort der Ruhe und machen eine Gedankenreise in Ihre Vergangenheit. Was sind Ihre ersten Erinnerungen? Was waren Sie für ein Kind? Was zeichnete Sie aus? Erkennen Sie sich noch, oder wünschten Sie sich wieder die Unbeschwertheit der Kindheit zurück? Haben wir häufig in verworrenen Situationen nicht die grosse Freiheit, wieder neu wählen zu dürfen, in welche Richtung wir gehen möchten?

Die Autorin wünscht sich für Sie, dass Sie sich zeigen dürfen, wer und wie Sie sind – und Sie in Ihrem höchstpersönlichen Glanz strahlen können.

Die Autorin bedankt sich bei all ihren Protagonisten, denn sie haben dazu beigetragen, dass diese Geschichte überhaupt entstehen konnte und Sie nun das Buch "Das Ende der Suche" in den Händen halten können:

Ella
Vielen Dank Ella, dass du uns mit deiner Unbekümmertheit entzückt und du frühzeitig wieder zum Kern deiner Natur gefunden hast. Dies war nur möglich, weil du immer neugierig geblieben bist und deine lustige und fröhliche Natur nie ganz verloren ging, sondern du darauf vertraut hast, dass, wenn die Lebensumstände es erlauben, du wieder zur "alten" Ella zurückfindest.

Du hast bis jetzt alles richtig gemacht in deinem Leben und ich wünsche dir weiterhin so viel Heiterkeit. Es ist mir leicht gefallen, deine Geschichte zu schreiben, du hast dich mir sehr offen gezeigt und ich bin froh, dass ich dich als Hauptperson meines ersten Buches begleiten durfte.

Lotta
Vielen Dank Lotta, dass du uns gezeigt hast, was Freundschaft bedeutet und wie wichtig es ist, über eine hohe soziale Kompetenz zu verfügen. Du hast es schon als

kleines Mädchen verstanden, vermittelnd zu wirken und hast immer wieder vorgelebt, dass man sich voll auf dich verlassen kann.

Du warst auch in der Lage zu erkennen, nicht immer die Erfüllung der eigenen Träume in den Vordergrund zu stellen, sondern dass manchmal das Kollektiv wichtiger ist. So hast du ohne Weiteres auf eine Karriere als Fussballerin verzichtet, ohne mit dem Schicksal zu hadern, sondern warst dir deines Kernes deiner Natur immer bewusst und du hast jederzeit intuitiv das Richtige gemacht. Dass du am Schluss als Komplizin mit Juan zusammengespannt hast – auch dafür vielen Dank – du hast damit massgeblich dazu beigetragen, dass Ella und Jan wieder mit Yago zusammengefunden haben.

Schön, wenn man dich als Freundin bezeichnen kann – das ist unbezahlbar und ich wünsche dir nur das Beste.

Juan

Vielen Dank Juan, dass du deinen Freund Yago nie fallen gelassen hast, obwohl sich dieser in den letzten Jahren verändert hat. Du hast uns gezeigt, wie wichtig es ist, das Geheimnis eines Freundes für sich zu behalten und ich danke dir von Herzen, dass du deinem Blitzgedanken nachgegangen bist, und du die Geburtstagskarte von Lotta in einer der vielen Kisten auf dem Dachstock deiner Eltern gesucht hast. Obwohl du kurz davor warst, die Suche abzubrechen, hat dich deine Gewissheit, diesen Umschlag mit der Adresse von Lotta irgendwo zu finden, weitersuchen lassen. Zu gerne hätte ich dein Gesicht gesehen, als du dieses gesuchte Stück Papier irgendwann tatsächlich in der Hand gehalten hast. Du konntest damit den Kontakt zu Lotta herstellen und ihr habt im Hintergrund die Fäden gezogen, damit wenige Wochen später, Yago, Ella und Jan wieder aufeinandertreffen konnten – was für ein unverzichtbares Geschenk, wenn man euch als Freunde an seiner Seite hat.

Urs

Vielen Dank Urs, dass du mit deiner ruhigen Art dazu beigetragen hast, der Familie Fankhauser, trotz strengem Alltag, Stabilität zu verleihen. Deine Tochter Hanna und du haben viel gearbeitet und ihr hattet immer das Zusammenhalten der Familie im Fokus.

Du hast zugunsten der Familie deinen Beruf als Spitaldirektor gekündigt und hast die grosse Bühne deiner Frau überlassen.

Danke, dass du uns gezeigt hast, was wahre Liebe ist. Du hast dich schon als junger Bursche in Katja verliebt, obwohl sie sich dir gegenüber viel kühler gezeigt hat.

Du hast mit deiner eher zurückhaltenden, aber gut beobachtenden Art den Blick aufs Wesentliche nie verloren.

Du hast die Gabe, jeden Menschen zu nehmen, wie er ist. So konntest du auch bestens mit den unterschiedlichen Naturellen deiner Töchter umgehen und hast deine Frau auf Händen getragen. Dir ist trotz, nennen wir es kurzen "Flirt" mit Carmelina, bewusst geworden, dass nur Katja dein Zuhause ist.

Auch im Bundeshaus wurdest du sehr geschätzt, weil du Sachpolitik betrieben hast, und auch deinem politischen Gegenüber ein offenes Ohr geschenkt hast. Dir ist es dadurch privat wie beruflich immer gelungen, ein umfassendes Bild von einer Situation zu verschaffen und hast keine voreiligen Entscheidungen getroffen.

Dein Kern deiner Natur ist dein ausgeglichener Charakter. Du findest jederzeit die Balance zwischen Verstand und Gefühl und dadurch fühlt man sich in deiner Nähe einfach wohl, weil du so empathisch bist.

Katja

Vielen Dank Katja, dass du deine kühle Maske abgelegt hast und zu einer warmen und zugänglichen Frau geworden bist. Du hast es mir nicht immer leicht gemacht, dich zu skizzieren.

Deine Fassade nach aussen war schön und erfolgreich, aber sobald du deine Schminke aus dem Gesicht gewischt hast, kam ein trauriges Kind zum Vorschein. Du hast über Jahre gegen deinen Kern der Natur gelebt, warst zwar äusserst erfolgreich, hattest grossen Erfolg als Anwältin und dir ist viel Beachtung geschenkt worden.

Innerlich aber warst du ein kleines Mädchen, das gerne hätte Kind sein wollen, gern hätte Unsinn machen dürfen, hätte gerne lachen und fröhlich sein wollen.

Du wurdest aber früh von deinem Vater so geformt, dass du Leistung erbringen musst und der Schein nach aussen stimmt.

Weil es lange dauerte, bis du den Mut gefunden hast, wieder zu deinem Kern der Natur zurückzukehren, hast du unterwegs viele Schmerzen erlitten und bist vielen Menschen nicht gerecht geworden.

Deswegen hast du auch über Jahre deine Tochter Ella nicht annehmen können, weil sie etwas lebte, was du eigentlich auch leben wolltest. Du hast mit deiner teils arrogant wirkenden Art auch deine Ehe strapaziert und hättest fast deine Tochter verloren.

Du wurdest von aussen aufgerüttelt und hast rechtzeitig vieles aufarbeiten können. Die bedingungslose Liebe deines Mannes hat mitunter dazu beigetragen, dass eure Familie nicht auseinandergebrochen ist.

Und durch dein Seelenheil ist dir später eine Annäherung zu Ella und Jan gelungen – heute nun bist du die Katja, die du immer sein wolltest: eine liebende Ehefrau, eine unterstützende Mutter und eine lässige Grossmutter – ich habe dich unterdessen gern bekommen.

Eliane
Vielen Dank, Eliane, dass du Katja "aufgerüttelt" hast. Dank deiner offenen und zugänglichen Art hast du dazu beigetragen, dass Katja endlich einen ersten Blick in den Spiegel wagen konnte.

So wie du ihr begegnet bist, hast du Freundschaft in allen Facetten gelebt und gezeigt. Du warst nicht nur in heiteren Momenten an der Seite von Katja, sondern hast ihr ermöglicht, die tiefe Trauer zuzulassen und hast sie auf einen langjährigen Prozess mitgenommen, um all die Verstrickungen und Probleme zu entwirren.

Nie hast du sie blossgestellt, auch wenn du ihr immer ehrlich gegenübergestanden bist. Du hast nichts anderes gemacht, als ihre dunklen Punkte zu ertasten und hast sie weder be- noch verurteilt.

Dank dir und Jahre später dank Martin, durfte Katja gesund werden und schau, was für ein anderer Mensch sie geworden ist. Sie hat vorgelebt, was es heisst, zurück zum Kern ihrer Natur zu finden. Niemand hat ihr gesagt, dass der Weg einfach wird, aber ihn zu gehen, im Wissen, dass da nebst der Familie noch eine Freundin ist, vereinfacht alles. Du hast Seelsorge in höchster Form gelebt und hast dabei nie an dich, sondern nur an das Wohl deiner Freundin Katja gedacht.

Tina

Vielen Dank Tina, dass du dich entgegen den Konventionen gezeigt hast. Du bist dir immer treu geblieben und hast nicht nur auf dein künstlerisches Talent vertraut, sondern warst auch Trendsetterin und hast es ausgehalten, dass man dich zuerst belächelt hat, als du dein Malatelier eröffnet und Yoga praktiziert hast.

Damals kannte Yoga noch niemand – heute ist man out, wenn man kein Yoga praktiziert. Weil du den Kern deiner Natur immer gelebt hast, hat es dir auch nicht so viel ausgemacht, als du mit deiner Familie in dieses gut bürgerliche Quartier gezogen bist und du mit deiner Familie offensichtlich aus dem Rahmen gefallen bist – ihr habt damit das Quartier ordentlich durchgerüttelt und habt vieles bewegt.

Weil es dir egal ist, was andere über dich denken, weil du ganz bei dir bist, fiel dir die Integration leicht.

Menschen wie dich braucht es, Konventionen dürfen gebrochen werden und Menschen wie du zeigen den anderen auf eine sympathische Art und Weise auf, dass man das Leben nicht immer perfekt leben muss – sondern auf seinen Kern der Natur vertrauen soll.

Du hast vielen Menschen Zugang zu ihrer Kreativität ermöglicht, meist hast du sie aber auch nur daran erinnert, was sie alle als Kind gelebt, aber unterwegs vergessen haben. Bleibe dir weiterhin so treu.

Werner

Vielen Dank Werner, dass du den Beruf des Handwerkers lebst. Auf Menschen wie dich dürfen wir nie verzichten.

Du bist gesegnet mit vielen Talenten und lebst das aus, auch wenn dies wirtschaftlich nicht immer einfach ist oder war.

Herrlich, wie du deinen Kindern weitergegeben hast, dass sie nicht aus Zucker sind und es ihnen nicht schadet, wenn sie sich viel draussen aufhalten und wenn das Leben in der Praxis gelernt wird.

Wir meinen immer, dass man in der Schule alles lernt, dabei findet das echte Leben ausserhalb des Schulzimmers statt und du hast dich nicht verbiegen lassen, sondern hast zusammen mit deiner Frau Tina einen Lebensstil gewählt, der in der heutigen Zeit als unkonventionell gilt, aber vermutlich im Sinne der Natur vorgesehen wäre.

Ich ziehe den Hut vor dir.

Hanna

Vielen Dank Hanna, dass du schon früh in deiner Kindheit Verantwortung für die Familie übernommen hast.

Du hast mit deiner Natur dazu beigetragen, dass in eurer Familie, nebst dem Wirbelwind Ella, etwas Ruhe einkehrt. Deine Eltern waren beide beruflich stark engagiert und du hast ein Leben ohne grosse Dramen gewählt.

Zugegeben, einerseits erscheint dein Kern der Natur etwas "langweilig", weil in deinem Leben alles so glatt zu verlaufen scheint, andererseits lebst du uns ein glückliches Leben vor und dies ist wohl das Wichtigste und ich hoffe, dass du weiterhin so gut über die Runden kommst.

Marc

Vielen Dank Marc, dass du Ella in einem wichtigen Moment ihres Lebens begegnet und du ihr bei einer wichtigen Entscheidung beigestanden bist.

Euch verbindet eine tiefe Freundschaft und obwohl sich die Liebe zwischen euch beiden nicht einstellen wollte, so hast du Ella viel Respekt entgegengebracht, sodass sie Mut fassen konnte, einem Mann wieder vertrauen zu können.

Du bist ihr behutsam und mit viel Achtsamkeit begegnet und hast dazu beigetragen, dass ihr verletztes Herz vollständig heilen konnte.

Du hast den Kern ihrer Natur rasch erkannt und hast sie aufgefordert, wieder in ihrem schönen Glanz zu strahlen.

Vertrauen wir darauf, dass es ganz viele solche Menschen wie dich gibt, die uneigennützig und mit viel Nächstenliebe den Kern eines Menschen zum Erstrahlen bringen, denn jede Seele ist da, um gesehen zu werden.

Martin

Vielen Dank Martin, dass du nach eurem gemeinsamen Gerichtsprozess das Gespräch mit Katja gesucht hast. Du hast dabei zwar eine bereits bröckelnde Mauer zum Einsturz gebracht, aber das war richtig und wichtig so.

Du warst diejenige Person, die mit viel Würde und Respekt Katja aufgezeigt hat, dass sie umkehren und ihr wahres Ich leben darf. Dass anschliessend so viel Heilung möglich wurde, hat sie und die gesamte Familie deinem Mut und deiner hohen sozialen Kompetenz zu verdanken.

Yago

Vielen Dank Yago, dass du auch, mit vielen Jahren Verspätung, deinem Herzen gefolgt bist und Ella schliesslich aufgesucht hast. Wir haben dich zuerst als überforderte Person kennengelernt, die ihr wahres Gesicht zu zeigen schien.

Trotzdem spürten wohl alle Leserinnen und Leser, dass du ein toller Mensch bist und du schlicht überfordert warst, als du erfahren hast, dass du Vater geworden bist. Erinnern wir uns an die erste Begegnung mit Ella und man muss dich einfach gern haben, weil du so etwas Wunderbares ausgestrahlt hast – nur so kannst du einen anderen Menschen tief im Herzen berühren.

Im Innersten hat es dich fast zerrissen, dass du dich deiner Verantwortung erst nicht stellen wolltest, gegen aussen hast du natürlich den Starken gespielt – ein Verhalten, das man kennt – aber auch du hast dich an deinen Kern deiner Natur erinnert und bist umgekehrt und übernimmst nun hoffentlich wunderbar deine Verantwortung für deine Familie.

Du zeigst, dass es nie zu spät ist, Fehler einzugestehen, auf die geliebten Menschen zuzugehen, sich zu entschuldigen und dann einen neuen Weg zu wählen.

Du bist ein warmherziger Mensch, der viel Liebe zu verschenken hat. Es geht mir gleich wie Ella – schaut man dir in die Augen, spiegelt sich deine feine und liebe Seele und man fühlt sich einfach unheimlich wohl in deiner Nähe. Ich bin gespannt, wie der Weg mit dir, Ella und Jan nun weitergeht. Jedenfalls nur das Beste für euch!

Jan

Vielen Dank Jan, dass ich auch mit dabei sein durfte, als du auf die Welt gekommen bist und ich dir in dieser Geschichte Leben einhauchen durfte.

So rasant du es auf die Welt geschafft hast, so rasant lebst du: voller Tatendrang, voller Freude, voller Enthusiasmus, volles Risiko und volles Vertrauen auf deine Fähigkeiten.

Obwohl du die ersten Jahre ohne Vater aufgewachsen bist, warst du immer ein strahlender Junge und hast trotz deines Bewegungsdrangs dein Leben jederzeit im Griff. Du bist ein guter Schüler, ein talentierter Sportler und ein treuer Freund. Du schaffst alles mit viel Charme und Coolness und man hat dich einfach gerne.

Obendrauf bist du ein aussergewöhnlich schönes Kind. Deine Eltern haben eine Ausstrahlung, die einen fesselt und schaut man dich an, erkennt man sowohl Ella wie Yago in dir – und, du bist: Ein Kind, in Liebe gezeugt.

Susi

Vielen Dank Susi, dass du mich vor ein paar Jahren dazu ermuntert hast, irgendwann ein Buch zu schreiben.

Dein Geburtstag war nun Anlass, dir mein erstes Buch zu widmen.

Es war für mich eine spannende Erfahrung, aus der Fantasie heraus, eine Geschichte entstehen zu lassen, ohne Konzept, sondern der eigenen Intuition folgend, und ich hoffe fest, dass vor allem dir das Buch gefällt.

Du hast immer einen grossen Platz in meinem Herzen - Danke für deine Freundschaft

Dein Isi